SAINT-JOHN PERSE
海 标
Amers
suivi d'*Oiseaux*
et de *Poésie*

〔法〕圣-琼·佩斯 著

管筱明 译

人民文学出版社

著作权合同登记号　图字 01-2020-4580

Saint-John Perse
Amers suivid' *Oiseaux* et de *Poésie*
ⓒ Éditions Gallimard，1957 for *Amers*
ⓒ Éditions Gallimard，1961 for *Poésie*
ⓒ Éditions Gallimard，1963 for *Oiseaux*
All rights reserved

图书在版编目(CIP)数据

海标/(法)圣-琼·佩斯著；管筱明译．
—北京：人民文学出版社，2021(2025.1重印)
（巴别塔诗典）
ISBN 978-7-02-016582-7

Ⅰ．①海… Ⅱ．①圣…②管… Ⅲ．①诗集-法国-现代　Ⅳ．①I565.25

中国版本图书馆 CIP 数据核字(2020)第 162760 号

责任编辑	朱卫净　何炜宏
装帧设计	李苗苗

出版发行	人民文学出版社
社　　址	北京市朝内大街 166 号
邮　　编	100705
印　　刷	凸版艺彩(东莞)印刷有限公司
经　　销	全国新华书店等
字　　数	85 千字
开　　本	889 毫米×1194 毫米　1/32
印　　张	7.125
插　　页	5
版　　次	2021 年 6 月北京第 1 版
印　　次	2025 年 1 月第 2 次印刷
书　　号	978-7-02-016582-7
定　　价	69.00 元

如有印装质量问题，请与本社图书销售中心调换。电话：010-65233595

目录

海标

祈祷

1 而你们，海洋，窥破寥廓的梦幻 _7
2 我将让你们哭泣。这在我们中间是太大的恩典 _9
3 诗用来给为大海而作的朗诵伴奏 _11
4 海啊，被这样赞美，你将为并无冒犯的赞语所包围 _13
5 然而我曾如此长久地喜欢这首诗 _14
6 正是大海在戏剧的石阶上向我们走来 _17

诗节

一 高高的城市在它们的海滨大道上灿烂辉煌…… _25
二 星辰与航海主宰的话 _35
三 女悲剧演员来了…… _41
四 贵妇们也在露台…… _53
五 女诗人的说法 _61

六　众神甫家的那个姑娘　_67

七　一个从神祇手上升华的夜晚……　_75

八　异乡人，你的帆船……　_83

九　船舶窄小　_87

合唱

1　巴力之海，马蒙之海　_151

2　和那些离去时把凉鞋脱在沙滩上的人一起　_155

3　意象不可胜数，格律应有尽有　_161

4　正是向她，我们说出我们男人的年纪　_168

5　在荒凉的城市，在竞技场上方，一片树叶在金色的夕晖中飘荡　_173

献辞

正午，它的猛兽，它的饥馑……　_177

鸟

一　鸟，我们所有血缘亲属中最有生活热情的种类　_185

二　年老的法国博物学家们　_187

三 在被吸引的那一刻画家就知晓了一切 _189
四 在经常上天入地、捕食陆上或者水中生物的
    动物中 _191
五 对于刚开始进化成形的鸟 _193
六 解放的时刻来临 _195
七 这种固定的飞行没有丝毫的惰性与被动 _197
八 鸟类，一种长远的亲缘…… _199
九 从部分时间的此一片刻到彼一片刻 _201
十 感谢飞行 _203
十一 这样的鸟是乔治·布拉克画笔下
      的鸟 _205
十二 这是乔治·布拉克所画的鸟儿们 _208
十三 鸟类，在人类的所有边界上竖起的
      长枪！ _211

诗

诺贝尔文学奖授奖典礼上的演说 _213

海 标

祈 祷

而你们，海洋……

1

而你们，海洋，窥破寥廓的梦幻，哪天黄昏会把我们抛弃在城市的讲坛，与那些公共的石头和青铜的葡萄藤饰为伍？

人群啊，更加广大，是我们在这不曾式微的时代斜坡上的观众：大海碧波万顷，宛如人类东方的晨曦；

海在它的梯级上欢腾，恰似一首岩石的颂歌：在我们的交界线是瞻礼前夕的祭礼和节日，在人的高度是低语和欢乐——大海本身是我们的守夜，如同一道神谕……

玫瑰的悲哀气味将不再包围陵墓的栅栏。棕榈林中活着的时辰，将不再让它的异乡灵魂缄默……苦涩吗？我们活人的嘴唇可曾苦涩？

我见过放假的大事朝深海的波光微笑：我们梦幻中欢乐的大海，如同青草萋萋的逾越节，如同人们欢度的佳庆。

在它的白云饲养场下面,边境欢乐的整个大海如同免税区,又似永久经管的土地,还似野草疯长,由骰子来决定归属的省份……

微风啊,请淹没我的诞生!让我的恩宠去更大的瞳孔的竞技场!……南方的投枪在快乐的门上颤动。虚无的鼓点臣服于光明的短笛。而大洋在处处揉压它死玫瑰的负担,

在我们钙的平台上抬起它那四分领[①]长官的头颅!

[①] 古希腊和古罗马将省或地区一分为四的统治方法。

2

"……我将让你们哭泣。这在我们中间是太大的恩典。

"因为恩典而哭泣,而不是因为痛苦。"唱出最美妙的歌的歌手说,"还因为这心灵纯粹的我不知其根由的激动,和大海这起风前的洁净瞬间……"

海洋人如此说,操着海洋人的话
如此称赞,称赞海的爱情和欲望
快乐的源泉从四面八方,仍朝着大海涌流……

"我要讲的是一段故事,大家将听到的是一段故事;
"我要讲的是一段故事,因为现在讲它是合适的,
"而且讲得是那么雅致,大家一定会为之快乐:

"自然,这是大家想听的故事,既然大家尚不担心死亡。

"不管故事是这样那样,以其清新而论,在无记性的人心里,

"愿它是我们新的宠爱,如同为陆地的灯而吹送的港湾微风。

"坐在忧愁大树下听这段故事的人中

"将没有几个不起身,不随我们笑吟吟地走入

"仍然幼嫩的蕨丛和死亡的蕨苞的开放之中。①"

---

① 蕨嫩时状似打球的曲棍,顶端生有芽苞。芽苞随着生长而逐渐张开,成为叶子,张开得越大越接近死亡。

3

诗用来给为大海而作的朗诵伴奏，
诗用来协助大海周围的进行曲，
如同祭坛周围的气氛，如同悲剧第一段合唱的引力。

这是一首从不曾唱过的海之歌；是我们身上的海将把它歌唱：
海在我们身上，直至呼吸的起伏，
海在我们身上，带着它外海的柔滑声音和它在全世界没收来的凉爽。

诗用来缓和航海旅行中值夜的激动。诗用来在海的欢乐中更好地体验我们的值夜。
这是不曾梦过的海上之梦；是我们身上的海将把它梦见：
海被织进我们身上，连同它深渊里的荆棘地，海在我们身上编织它伟大的光明时辰和它黑暗的宽大跑道——

　　海啊海！在海的汇流中，任何放荡，任何诞生和任何悔过，都存在于它浪花的集聚
　　和它乳液的天生智慧之中，啊！存在于它的元音——那群圣女！那群圣女！——祝圣的沸腾之中。
　　海本身就是浪花，宛如花团锦簇的女预言者，端坐在铁椅上……

4

海啊,被这样赞美,你将为并无冒犯的赞语所包围。

被这样邀请,您将成为以不表功绩为宜的宾客。

问题不在于海本身,而在于它对人心的统治:

既然在给君主的请愿书里,宜把象牙或玉石

放在君主的颜面与廷臣的赞颂之间。

我,以不卑不亢的鞠躬向您致敬,

我将竭尽敬意和身体的平衡;

而快乐的轻烟将熏醉热烈崇拜者的头脑,

而说得更好的愉悦将带来微笑的优雅……

海啊,您得到这样崇高的敬意,以至于大家把它当作内心的消遣,长久追忆。

5

……然而我曾如此长久地喜欢这首诗,以至于我把远处大海那灿烂的光辉整个糅进了我白昼的话语——如在森林边缘,黑油油的树叶间,突然露出一角碧海蓝天:那是网眼中一条被勾住腮孔的大鱼银光闪闪的鳞片!

在我悄然低语时,谁曾把我突然撞见?我被微笑和谦恭看守着:在与我同样血统的人中操着,操着侨民的语言——兴许在某个公共花园角落,抑或在某家使馆那渐尖的金色栅栏旁边;面部或许侧向一方,眼光在我的话语之间投向远处,投向港监办公室顶上鸣唱其抒情小诗的某只鸟儿。

因为我如此长久地喜欢这首诗,以至于我是那样愉悦地保留对它的关心:一切都被这伟大诗篇,如被石珊瑚乳液所浸染、包围和威胁;我服从它的汹涌汇流,如在远海的脉搏轻扯缆索和钢绳的时刻,服从在梦的大水缓缓上涨中子夜的搜猎。

我们怎样想到要抵押这首诗,这正是必须说明的事情。不过从中获得它的快乐难道还不够?诸神啊,即使我要费心留神,在把它收回之前……孩子,去看吧,在街道转角,穿着维斯太①女服漫游的美丽天仙,如同哈雷的女儿们②,被扣押在黑夜玻璃的圈套里,急于在椭圆形的弯道上收回自身。

远处是嫁与皇族的平民,婚姻是秘密的!……海啊,这支歌将是您的婚礼之歌:"我最新的歌!我最新的歌!它将成为海的男人之歌……"倘若不用这支歌,那我就要央求您用。否则,有什么东西能为大海作证——既无石碑又无柱廊,既无阿利斯康林荫大道又无普罗匹内山门③的海,在环绕的土坡上没有石头的达官显贵,在稳固的堤岸上没有一列列插翅走兽的海?

---

① 古罗马神话中供奉女灶神维斯太的童贞女。
② 哈雷是英国天文学家和数学家。哈雷的女儿们,可能是指由其观测到轨道的彗星。
③ 阿利斯康林荫道在法国阿尔勒城,原是高卢-罗马人的大公墓;普罗匹内山门是古希腊雅典卫城的入口。

至于我,既然从事写作,就要为写作争光。自告奋勇撰写正文和出版说明的人,如同创建一项还愿的伟大事业;他为捐赠人大会所恳求,因为有此志向的唯他一人。可是无人清楚他怎样工作:有人会告诉您,他住在屠夫或铸工的街区——在民众骚乱时期——从熄灯的钟声开始,一直写到黎明的军鼓敲响……

早上装扮一新的海已在檐口上方向他微笑。此时他的篇章映现出异乡女人……因为他喜欢这首诗有那么长久;又有这种志向……那天晚上向异乡女人献殷勤,并以此压住那么迫不及待的心情,是多大的快乐。若是与她结成婚姻关系,那微笑会是同样甜蜜……"我最新的歌!我最新的歌!……它将成为海的男人之歌……"

6

　　正是大海在戏剧的石阶上向我们走来：

　　携同它的君王、摄政者，穿着夸张的金属服饰的使者，瞎眼大演员，上了镣铐的先知，嘴里塞满黑石、穿着木靴直跺脚的女魔法师，以及一群群在颂歌耕地上行走的童贞女；

　　携同它的牧人，海盗，幼王们的乳母，流放中的老游民和唱悲歌的公主，著名尸骸下默然无声的高贵寡妇，伟大的王位篡夺者和远方殖民地的开辟者，受俸教士和商人，产锡省份享有特权的大亨，骑在稻田水牛背上云游四方的伟大哲人；

　　携同它的全部妖怪和寻常百姓，啊！不朽神话的所有繁衍，把神的高贵私生子和种马的高大女儿与一群群奴隶贱民结合——一群人众在历史的跨度间匆匆站起，在散发着墨角藻香气的黄昏最初的颤栗之中，结队朝竞技场拥去。

　　朝作者和他在面罩上着色的嘴巴走来的朗诵。

*

海就这样在它的高龄，在它巨大的海西褶皱①里朝我们走来——整个海都在遭受其海的屈辱，连成一体，处在一期！

如同一个延续至今、语言崭新的民族，如同一种使用至今、语句崭新的语言，海把它至高无上的指挥领上它的青铜桌子，

并通过情绪的高扬和语言的膨胀，通过形象的起伏和明暗的耸落，奔向它周期性壮丽风格的灿烂辉煌。它就这样披着鳞片与闪电的强光，如置身于英雄群，

在它大块游离肌的滑移中奔腾流动。海黏附在胸膜的滑动中，它整个儿涌起，骑着它黑蟒的链环朝我们走来，

庞然大物朝着暮色，朝着神的进犯漫卷而来……

*

正是在日薄西山，被内脏塞满的黄昏发生头一阵

---

① 发生在古生代晚期的地壳运动的总称。这次运动使古生代晚期及其以前的地层发生褶皱、变质和断裂。天山、阿尔泰山等都是这次运动所形成的褶皱山系。

颤栗的时分，在神殿被套上金箍，竞技场的古老铸铁被光线映出缺口的时分，神灵在仓鸭窝，在大片侧膜胎座植物突如其来的喧闹中醒来。

当我们在布满祭品和家畜的红土高坡上，朝梦的希望奔跑时，当我们在装饰着葡萄蔓和香料，宛若罩着金穗和绦子的公羊脸祭供品的红土上行走时，我们见到远处浮现出我们梦的另一面：水平线上的神圣事物，海，不可理解的海，也在那儿，值守它异乡女人的不眠夜——那古怪的，不能和解的，永远不能交配的异乡女人——漂泊不定的海落入它精神迷乱的圈套。

我们曾振臂呼喊："啊啊……"我们极尽人力发出这声人的呐喊；我们头上曾有这种祭品的沉重负荷，整个我们愿望的怒海如一罐墨黑的胆汁，如祭司铺砖的庭院里一大桶下水和杂肉！

我们曾，我们曾……哦！说下去吧，果真如此？……我们曾——那紫葡萄酒与胆汁是那样的富丽堂皇！——大海高过我们的脸，平了我们的灵魂；可是它以与我们灵魂一般高的无法形容的粗蛮，活生生地脱下全身的皮，蒙在天绷上，如同在偏僻的黏土高墙，

用四个木桩钉紧的，一张绷成十字的水牛皮！

*

……难道我们不曾从更高,已经更高的地方,看见我们意识中更高的海,

那在符号的消隐中被遗忘来洗濯的面孔,为我们摆脱了立体感和纹理的石头?——难道我们不曾从更高更远的地方,看见更高更远的海……那不含暗示,不带任何密码,由黯淡无光的夜衬托的光明柔软的书页?……

啊!是哪棵光明的大树在此汲取它乳汁的源泉?!我们不曾受这乳汁的滋养!我们不曾被指定到这个等级!人间姑娘是我们短暂的伴侣,因为她们在自己的肉体凡胎里受到威胁……做梦吧,美美地做你的凡人梦和神仙梦!……"哦!请叫一个记录员过来,我要对他口授……"

难道没有一个负责节庆日程与游戏的亚细亚客[①]做过同样的空间和时间之梦?哦,诸神!我们身上有这样一种欲望,想在那长青之国的入口生活,难道这不能让我们获得资格?……眼皮啊,请不要合上,因为你们不曾抓住那样公正的时刻!"啊!请叫一个人过来,我要对他口授……"

---

① 古罗马帝国亚洲部分主持宗教仪式的高级官吏。

天空变成海鸥的蓝色,早已恢复我们的存在。我们百万盏祭献的灯火朝受到骚扰的海湾行进,并骤然分散——宛如将辰砂投进火焰,迸溅起万朵金花。

*

因为你将为我们回来,存在啊!在第一阵晚风中,胶泥啊,回到你的实体你的肌肤你海的重量!大海啊,回到你牛栏石和石棚的颜色!——你,力量与耕耘的海,带着雌畜内脏香味和磷味的海,在劫持的猛烈鞭声中,回到被生育的人类及他们出产英国栎树地区的海!可以被精神最精彩的行动之火抓住的海!……(当蛮族在王宫短暂逗留时,与农奴女儿的结合会以如此高亢的音调突出血统的喧嚣吗?……)

"快乐啊,请给我带路,在整个海的道路上,在全部微风的颤栗里——瞬间从中给自己报警,如同穿着用自己翅翼作的衣裳的鸟……我走,我走一条翅翼之路。从此在那上面忧愁只不过是一翼翅膀……美丽的故乡必须重新征服,国王自童年起就不曾见过的美丽家园。他的辩辞写在我的歌里。短笛啊,请指挥行动,并支配这仍属于爱情的恩典。这爱情放在我们手上的,只是一柄柄快乐的利刃!……"

而你们,哲人啊,你们是什么人?你们要来斥责我们吗,哲人?假若海难仍在它的季节,滋养一首不合理性的伟大诗篇,你们会拒绝我与之接近吗?我的领地,让我进去吧!对我的快活,我绝不感到羞耻……"啊!请叫一位记录员过来,我要对他口授……"可生而为人的人,谁会站在我的快乐一边而不冒犯我呢?

——那些生来就把理解力建立在知识之上的人。

诗 节

一

高高的城市在它们的海滨大道上灿烂辉煌……

1

高高的城市在它们的海滨大道上灿烂辉煌,并通过巨大的石头工程走入外海的金盐中洗浴。

港口官员作为边境人员出席:入港税和淡水补给协议,定界工程和船只转港的结算。

人们等待着公海的全权代表。啊!但愿联盟终于呈现在我们面前!……人群拥向惊涛骇浪中的峭壁前部,

它们处在平常的岸坡下部,一直延伸到海面上的点点礁石。那些礁石在图纸上被称作石锥和石剑。

是哪个尖嘴的星辰又搅混了密码,把水面上的符号弄乱?

在商业祭司的船闸,一如在炼金术士和缩绒工变质的水槽,

一角苍白的天空稀释了大地黑麦田的遗忘……一只只白鸟玷污了堵堵高墙的尖脊。

2

边境的建筑、港口的混合工程……我们向你祈祷，双方共有的海，还有你，亚伯①的土地！

养路捐已经获允，地役权互作交换。据石头判定土地是可征徭役的！

可租借的大海摊开它一堆堆碧玉。流动的水波洗涤着静寂无声的基础。

"诗人啊，找到你的金子，来打制结婚戒指；找到你的合金，来铸造领港大马路上的钟。

"家家户户门口吹拂的是海风，条条街道尽头荡漾的是大海；大海和海风，在我们的准则里，在法律的诞生里。

"已知最奢华的标准：一具女人的躯体——大量的黄金！——对于没有象牙的城市，还有你女人的名

---

① 《圣经》中的人物，亚当和夏娃之子，因耶和华看中他的祭物，引哥哥该隐嫉妒，遭其谋杀。

字,贵妇!"

因为我们把一切用来出租,把钟点卡入我们港湾的黄色网眼便已足够……

患有水母痉挛的海以发光的长句和绿灯的惊恐来演唱它合唱独唱交替的金色颂歌。

纹章仍然对新港的题辞开放,记性好的人投票赞成某种有翅的走畜;

但那刚强的环,在突堤的吻端,置身于白羽纪功碑下,在浪花中

做梦,梦见那更远更远的驿站。在那里另一些马的头上直冒热气……

3

别处历史比较模糊。有些低凹城市在对海的无知中繁荣。它们坐在它们的五座山丘和它们铁的母鹿之间；

或者随着牧人的脚步，在草地上，与驮轿的母骡和包税人的挽畜一同饲养。它们给那山上覆满一坡可征什一税的沃土。

但另一些低凹城市，恹恹无力，用它们庇护所和感化院的高墙枕靠着浩淼的水域。那些高墙刷成黄蒿、茴香或是穷人的千里光属植物的颜色。

还有一些像未婚的母亲一样流血。它们脚沾鱼鳞，脸沾地衣，迈着掏粪女工的步子，走下淤泥池。

供船舶在撑柱上搁浅的港口。潟湖边缘钙质沉积土和肮脏白垩上的双轮载重车。

我们熟悉这些小巷曲径的尽头；这些纤道和习俗的陷阱，那里面残断的楼梯扭曲了它石头的字母表。我们见过你，铁梯扶手，和大海落到最低水位时那一排粉红的牙垢。

在那儿，有天傍晚，路政局的姑娘在儿童的注视下，脱下她们按月更换的内衣。

这里是民众放床的凹室，和它那黑色凝块的褥草。清新不腐的大海在此洗涤它的污迹。而这是母狗在石头的骨疽上舔食。伤口的缝合线上覆盖了一层柔软的紫藻，如同水獭皮毛……

再上面是没有石栏的广场。广场地面铺着哑暗的黄金和墨绿的黑夜，像科尔基斯①的雌孔雀——骚乱过后黑石的大玫瑰，装着铜嘴的喷泉，人在其中如雄鸡一般流血。

---

① 古代地区名，在黑海东端高加索南部。在希腊神话里是美狄亚的故乡，阿尔戈英雄们的目的地。一个非常富饶、盛行巫术的地方。

4

水的欢笑，你上来了，直到陆地居民的这些住宅布局。

远处，被彩虹和光的镰刀穿透的大雨给自己展示平原的仁慈；野猪拱掘戴着黄金面罩的土地；老人用手杖攻击果园；而在传来声声犬吠的蓝色山谷上方，看青人的短促号角在暮色中与海货商的大法螺会合……一些人的绿柳笼里养着一只黄鹂。

啊！事物，万事万物在它们的海岸，在别人手中的沧桑巨变，使我们终于失去古代的女巫：大地及其褐黄色的橡实，沉甸甸的喀耳刻①式的发辫，和映入家庭瞳仁的黄昏的橙红！

一个贪食的时辰在海的薰衣草中染成紫红。一些星辰在荒漠的薄荷颜色中醒来。而牧人西坠的夕阳，在蜜蜂的嘲弄声中，美得像神殿残砖碎瓦中的疯子，

---

① 古希腊传说中的女巫。

下到船厂，走向修船的船坞。

那里，在耕地的农夫和海的铁匠中间，解开了道路之谜的外乡人喝得酩酊大醉。那里，入夜前，蒸发起低潮的外阴气味。疯人院的灯盏在它们的铁篓中射出淡红色的光。盲者觉察出死亡的螃蟹。月亮挂在占卜的黑女人的街区。

尖锐的笛声和锡的喧哗表现出微醺状态："人的痛苦，傍晚的火！百神在他们的石头餐桌上沉默！可是海永远在你们家庭的餐桌后面，而这种女人的海藻香气，整个都没有神甫的面包乏味……哦，过客啊，你的男人心今晚将和港口的人一起露营，就像一只红火烧着的小锅架在异乡的船首。"

给星辰和航海主宰的忠告。

二

星辰与航海主宰的话

星辰与航海主宰的话：

"他们曾称我为黑暗。我的话原本来自大海。

"我谈及的年头是最伟大的年头；我在其中察看的大海是最壮阔的大海。

"成年的情欲之海啊，向你的岸——荒唐致敬……

"陆地的状况太可怜，但我大量的财产在海上。我无数的利益在海外的餐桌。

"一个撒满发光物的夜晚把

"我们留在浩瀚的水边，一如把食锦葵的女人留在洞口，

"那是穿着白皮长袍的老引水员

"和他们身披甲胄怀揣文书的幸运贵人，在盖着圆亭的青石周围，习惯于以虔诚的欢呼致敬的女人。

"我将跟随着你们行走,会计员!还有你们,数的主宰!

"诸神会比黎明前海上的劫掠更狡猾,更鬼祟。

"海的投机商与幸福一起投入

"远方的投机:无数会计科目,在垂直线的灯光下展现……

"整个大海把我包围,胜过被称为千年万年与太阳同起同落的敞开的年份。

"污秽的深渊是我的乐趣,沉入则是敬神。

"无国籍的星星在绿色世纪的高地行走。

"而我在海上的特权是为你们做这个真实的梦……

"他们曾称我为黑暗,然而我住在光辉。"

*

"世界的秘密,前面走吧!我们把舵的时刻

"终于来临!……我看见天国钟表铺湿淋淋的大铜子在圣油中滑行,

"一些可爱的大手掌为我打开贪得无厌的梦幻之路。

"我并未被所见的景象吓倒,但为了让自己在震惊中定心,我把眼睛投向那无限的好意,投向对我的逢迎。

"知觉的门槛！光荣的门前！……一种曾目睹我出生，在此地不曾受到压榨的葡萄酒的快意。

"海本身也像是一阵突如其来的喝彩！海啊！你是调解人，是唯一的说情！……礁石上一声鸟叫，微风在奔走尽职，

"而阴影从一挂风帆移向梦的边境……

"我命令一颗星辰挣断天国牛栏的锁链。于是无国籍的星在绿色世纪的高地行走……他们曾称我为黑暗，我的话原本出自大海。"

*

"引水员，向你的话致敬。这不适合于肉眼，

"亦不适合于船舷画着的栽着红睫毛的白眼。我的运气在于黄昏的逢迎和眼斑鱼的蓝色陶醉——那里面奔流着先知的气息，一如礁石植物中的绿色光焰。

"诸神啊！为了目睹天亮前蒙着薄薄的面纱，迈着女人的脚步，在海面款款而行的提洛斯岛①的黎明经过，

---

① 希腊神话里太阳神阿波罗的出生地。

"在岬角顶端的铁炉上,既不需要香气,亦不需要香精……

"——一切事物都是在黄昏,在黄昏的逢迎中谈及的。

"而你,非创造的梦,你是知道的;而我,被创造的我,则一无所知。在这水边,除了一起将捕捉黑夜的陷阱设下,我们还能做些什么?

"在盖有圆亭的岛屿尽头,那些裸手抱着大瓮在黑夜里浸洗的女人,

"恭顺的女人啊,除了干我们本身所干之事,她们还能做些什么?……他们曾称我为黑暗,然而我住在光辉里。"

三

女悲剧演员来了……

女悲剧演员来了,正从路上下来。她们举起双手,向大海致意:"啊!我们测准了石头上人的脚步!

"不腐的大海,我们由你评判!……唉!我们对戴面具的人估计过高!我们这些在大众娱乐中模仿人的演员,就不能在沙滩上保留这最高级语言的记忆?

"我们的本子在城市门口——葡萄酒的门,谷物的门——受到践踏。姑娘们把我们黑马尾做的大假发和我们沉甸甸的受损的羽笔拖入小河。而马匹则陷在硕大的戏剧脸谱中难以抽蹄。

"幽灵啊,用我们盔帽的巨大卵饰来衡量你们猴子和鬣蜥的额头,如同寄生动物以法螺的洞穴来……荒漠的苍老母狮压弯了戏台的石栏。大剧作家们的金色凉鞋在沙地的尿坑里闪闪生辉,

"连同那贵族的星星和夕阳的绿色钥匙。"

*

"可是我们仍要向大海举臂致意。大地的全部盐分和香料集结在染成藏红花色的腋窝！——肌肉鲜明的起伏，塑造得像条腹股沟。而且这份祭品也是用人的黏土捏成，里面显露出神的未完成的面孔。

"在城市的半圆形剧场——海是它的戏台，人群绷紧的弓把我们仍扣在它的弦上。而你，父辈的高贵话语，你跳着大众舞；待在你的荒原上的部落之海啊，你将是我们毫无回音的海，和比一个萨尔马特①之梦更遥远的梦？

"戏剧的轮子在水的碾子上滚动，在黄昏带血的碾槽里碾碎黑色的堇菜和铁筷子属植物。每道朝我们奔来的波浪都举着它四品修士的面具。而我们举起杰出的手臂，仍然转身朝向大海。在我们富有营养的腋窝里伸进黄昏带血的吻端。

"在大众中间，朝着大海，我们成群结队移动，身子大摇大摆，那是我们乡下人的宽胯向长浪学来的动作。啊！我们比贱民和国王们的小麦更有乡土味！

"为了大海，我们的手掌被骨螺，我们的踝骨也

---

① 公元前4世纪至公元4世纪生活在俄罗斯西南部至巴尔干东部的游牧民族。

被藏红花染色！"

*

女悲剧演员来了，正从小街下来。她们穿着戏装，插进港口的人众中间。她们开出通道，直到海边。在人群里，她们款款有致地扭动那乡下人的宽胯。"这是我们的手臂，这是我们的手！这是我们涂得像嘴巴的掌心，我们为演戏而假做的伤口！"

她们把出奇的梭形眼皮和张大的瞳孔插入白昼的事变。硕大的面具被阴影笼罩，上面那两个眼洞被手指叉着，宛如阅读和书写密码文件的镂空格子。"唉！我们对面具和文件估计过高！"

她们，还有她们的雄浑的声音，步下港口发声的楼梯，把她们高墙的倒影和铅白一直领到海边。在坡岸和防波堤布满星星的石头上行走，她们现在认出了凹着背爬出窠穴的苍老母狮们那行足迹……

"啊！我们预测准了石头上的人类。而我们终于朝你，我们父辈的传奇之海走来了！这是我们的身躯，这是我们的嘴！我们长着两条牝犊眉毛的宽额，和我们用一个硕大的模子，铸成奖章形状的宽大膝头。作为榜样的大海啊，你会同意把我们留有妊娠纹的母腹作为戏剧的成熟吗？这是我们蛇发女魔的胸脯，我们罩着棕色粗呢外衣的母狼心，和我们哺育大众的乌黑乳头，因为我们是一大群幼王的乳母。难道我们必须撩起粗呢戏服，在肚皮的神圣盾牌上，

一如在英雄的拳头上，制作性器官带发的面罩，以其森森的黑毛，来抵挡性野难驯的刀剑，异乡女人或女巫的断头？"

*

"是的，这是个漫长的等待和干燥的时期。在这期间，死亡在创作的每一次失败中窥伺我们。在我们画好的布景中间，烦恼是这样强烈；在我们的面具后面，整个受赞美的作品在我们身上激起的反感是那样强烈！……

"我们的石头剧场看见了人类在戏台上的脚步渐次减少。诚然我们金色的木餐桌由世纪的所有果实装饰，而我们前台的餐具柜则被财主贵人所有资助文艺的葡萄酒点缀。可是神的嘴唇在别的杯盏上游荡，而海慢慢地从诗人的梦中撤退。

"紫盐的海会跟我们争夺光荣的高傲女儿？……我们的本子在哪儿？我们的规矩在哪儿？……而为了防止戏台负担太重，我们该在哪些专制君主的宫廷，从我们伟大的同餐共饮者那儿寻求保证金？

"在沿海的群众后面,总有另一场梦——那另一种艺术的大梦,另一部作品的更大的梦在抱怨。在人类的地平线上,那最大的面具总是在上升。哦,生机勃勃的最伟大作品之海!……你曾跟我们谈到人类的另一种葡萄酒,于是在我们被贬的作品上,突然有了厌腻造成的那种嘴唇的赌气。

"现在我们知道,是什么阻止我们活在我们的诗节中。"

*

"落潮,我们把你呼唤!异乡的波浪,我们将观察你在世界上的奔流。如果我们更有空,又必须装扮一新来欢迎客人,我们会为大海抛弃任何装备和任何记忆。

"哦,大海,伟大艺术的乳母,我们向您献上我们在戏剧和大众的烈酒中洗过的躯体。我们为大海,一如在圣殿周围,脱下我们的戏装和在剧场穿的奇装异服。就像逢三年一度的盛大节庆,那些缩绒女工——或用棍棒在槽中搅拌元色的姑娘,或光着身子在酿酒池中压榨葡萄串,一直红到腹股沟的少女在大街上展示她们的粗木器具,我们把我们的破旧行头带给光荣。

"我们放弃我们的面具和酒神杖,放弃那三重冕和权杖;我们像女巫戒尺一般的乌木长笛——还有我们的武器和箭袋,我们带有鳞片的铠甲,我们的内衣,和我们演大角色的毛皮大氅,我们美丽的粉红羽毛盔饰,我们撑着两只金属角的蛮族营帽,我们仙女的护胸牌,凡此种种,我们都放弃,我们都放弃!……异乡的海啊,为了您,我们放弃我们豪华的如织布女工工具的大梳子,和我们打成女教徒祭神的响板模样的银镜,我们鹿角锹甲①形状的硕大肩饰,我们镂空的大别针和我们的婚礼扣针。

"我们亦放弃我们的面纱,我们被凶杀的鲜血浸染的粗呢衣服,我们被宫廷御酒染色的绸缎;还有我们乞丐的讨米棍,我们哀求者的弯头手杖——连同寡妇的孤灯和纺车,哨兵记时的沙漏壶、信号员的尖角灯笼;制成诗琴的非洲大羚羊头,我们精工制作的硕大金鹰,以及马桶和凹室的其他装饰——连同杯盏,许愿的坛子,水壶,让主人净手和异乡人解热的铜盆,有盖的长颈壶和装毒药的小玻璃瓶,女魔法师上了漆的箱子,外国使团的礼品,存放乔装改扮的国王书信与册封爵士证书的金匣——连同遇险船只的木

---

① 森林中的一种鞘翅目昆虫,身长约七八厘米,大腭。

桨，显现先兆的黑纱，牺牲的火把，也连同王室的标志，欢庆胜利的巨扇，以及我们女预言家的红皮喇叭……一切戏剧和传说中的破旧器具，我们都放弃！我们都放弃！……

"但是希望之海啊！我们用成串的金镯捆缚恋女们的手腕，连同我们硬木底的皮鞋，以便在新的脉动和别的激励之中，演出将来的作品，十分伟大的作品。"

*

"贫乏！贫乏……我们恳求，为了大海，让我们有可能写出新作：写出生动美妙的作品，仅仅是生动的作品，仅仅是美妙的作品——而煽动叛乱的大作，淫秽的大作，虽然会招致人类的所有攻击，却为我们重造了远离人，以人在石上的大步来体验人的情趣。

"十分重要的作品，在戏台上使得人们既不知种族亦不知世系的作品……啊！让一种崇高从大海，从更远的地方向我们走来，即使在我们衰退的年头，也仍然把我们惊住。啊！让一种更雄浑的格律在此世的所有事物背后，把我们拴在对世上事物更崇高的叙述上面。让一股更遒劲的气息在我们身上升起。它对于我们既像大海本身又像它异乡女人的深长呼吸！

"从更雄浑的格律到我们的边界,其间的事物人们一无所知。威力啊,请教给我们最高等级的重要诗句!请告诉我们最伟大艺术的色调,大海你这最伟大作品的榜样!请教给我们那重要的习俗,并最终让我们掌握分寸,让它在戏剧的红色花岗岩上,给我们敞开大家喜爱的时辰!……那采自民众的精彩话语,谁将为我们把它接上流动的王公之水?

"我们的髋部受教于每道长浪,此时早已扭摆,与远处人群的运动互相呼应。但愿人们凭我们演员的台步,仍招我们上石台!但愿人们仍指引我们面朝大海,登上那不毛的巨大石弓。那弓弦就是戏台。但愿人们为在戏台上表演人类的崇高,将我们所说的这些伟大本子放在我们手中:它们撒满闪电,挂满暴雨,好似被海的苎麻和蜇人的水母刺痛。而梦的坦白和灵魂的篡夺,随同远海的灯火在里面奔流。快乐的章鱼在其中咝咝鸣叫,不幸的火花也在那里闪耀,如同流动的绿火照着的海的紫盐……希望啊!请允许我们在更自由的门槛上把你们解读,而在黄昏神圣的金色之中,剧作家的妙句仍将在群众上方突然把我们惊住,

"一如石墙之外,在高高绷紧的天与海的平面上,长长的船队扬帆远航,当剧情在戏台上展开期间,突然驶过岬角……"

"啊！我们的呼喊是恋女们的呼喊！可我们这些仆人，谁又会光顾我们在贪财的灯盏和脱毛师的铁三脚架之间的石室呢？我们的本子在何方？我们的规矩在何方？而将鼓舞我们从衰退中重振精神的主宰又是何人？那个善于抓住我们，把仍在喃喃抱怨的我们放在戏剧的交叉口培养，如把一桠生命力强盛的树枝插在庙堂门口培植的人又在何处？——唉，我们好不焦急！

"啊，让他来吧，那将统治我们的人！他将来自大海抑或海岛？让他来抓住我们，生气勃勃的我们，或者让我们来把他抓住……那是个神态举止焕然一新的人，是个对他的权力无动于衷，对他的出身也不大关心的人：那眼睛被他夜晚的猩红蚊虫叮蜇，仍然疼痛……愿他把时代漂泊的散物巨流集合于他的缰绳！

"从我们母腹一只鹰的隐隐抽搐中，我们将感到专制的临近——恰如从那微风在水面吹起的皱纹里，我们感觉精灵嗅出了远方神主的踪迹而在暗暗赌气……逐字逐句地，大海

"面貌一新地出现在它的石头大书上。可我们并未过高地估计作品的运气！……听吧，诸神统治的

人,时代的脚步正朝着圆形剧场走来。——我们,在黄昏带血的准则里染成藏红花色的高贵女儿,浑身上下,直到指甲纤维都被夕晖熏染。朝向大海,我们把杰出的手臂更高地举起!……

"我们为革新戏剧,在石上表演人类的崇高,而恳求新的恩惠。"

四

贵妇们也在露台……

贵妇们也在露台，手臂搂着乌黑的芦竹：

"……我们书读完了，梦也做完了，难道不仅是这样？运气在哪里？出路在何方？我们缺少的东西去了哪儿？哪根是我们不曾踩踏过的门槛？

"贵族啊，您说了假话；出身啊，您作了背叛！欢笑啊，是我们焚毁的花园上的金色大隼！……风在猎场刮起一个高贵姓氏的枯死羽毛。

"有一天傍晚玫瑰失去香味，清晰的轮子陷在新裂的石缝，忧愁在大理石洞孔里张开嘴巴。(在我们的金色栅栏上，黑暗是最后一个唱歌的。它给我们的幼狮放血，今晚将让我们一窝窝亚细亚的雏鸟起飞。)

"然而海就在那儿，尽管无人跟我们提到它的名字。重重长浪恹恹无力地卧在我们雪松的楼梯平台！这可能吗？这可能吗？凭大海在我们女人目光里的年纪，凭我们绸缎晚服上的颗颗海星，

"凭大海在我们身体最隐秘处的告白——有人认为在紫杉、宫廷蜡烛和雪松或崖柏的雕花护壁板后面,在焚烧的树叶之间,曾那样长久地拥有我们,贤明啊,这可能吗?……

"我们节日的边界一个怪异喧阗的黄昏,当最著名的头脸也放下体面时,我们独自从暮色和平台那边走出去。那里,人们听见海水在我们石头的边界上涨。

"我们朝那偌大的遗忘街区走去,在我们猎场下方朝饮水的石槽和铺了地砖的池塘周围走去。那儿有人买通了车马总管。我们寻摸门和出口。

"于是我们突然到了暮色和陆地这边。在这里,人们听见海水在我们海的边界上涨……"

*

"戴着我们闪闪发光的宝石和夜晚的奇珍,我们半光着身子穿着节日服装独自前行,直到向海的白色峭壁前沿。在那里,我们这些陆上人

"把我们梦想的最远的葡萄藤一直拖到这敏感的断裂点,恰似支肘于嵌铜的黑色熔岩石桌,那上面黄道带的图案标定了方位。

"在如此大的行业公会门口,我们用父辈的梦遮

住面孔。盲人在里面举行祭礼。由于人也可能回忆未来的家乡,

"我们便回忆并非我们出生地的家乡,回忆我们未曾涉足的豪华场所,

"正是从此刻起我们才进入节庆,头顶好像戴着用乌黑松果扎成的花冠。"

*

"预兆之母啊,颤栗吧,一直颤栗到我们婚礼的衣饰之中!罩着面纱并不宽容的海,哦,为劳作中的女子所摹仿的海,在恋女或妻子的高床上!……敌意既然支配了我们的关系,

"也就不会阻拦我们相爱。但愿牲畜看到你的面具而生出一些怪物!我们属于另外的种姓,而且是与戏剧揭起的石板交谈的种姓:我们可以注视暴力而不使我们的女儿充满丑恶的感觉。

"我们好动,因而喜欢你是那国王的营地;那里奔跑着头顶金冠全身白色的不幸母狗。我们贪婪,眼红你那栖停着闪电的罂粟田园。我们带着一股无羞无耻的激情朝你移动。我们梦中也怀着对你作品的酷爱。

"现在你对于我们,不再是墙上的图画,亦不是

庙宇的装饰,而是在你叶丛中,在你人群中联姻的硕大玫瑰,等级的参天大树——一如在入侵之路交叉口耸立的一株赎罪之树。

"在那里死去的孩子用金葫芦、残断的利剑或权杖安慰自己。在黑黏土的人像中间,麦秸编成的头发,红珊瑚制作的大叉,把进贡的祭品和杀敌缴获的战利品混在一起。

"另一些人曾见过你正午的面庞。那里猛一下闪现出祖宗那可怕的威严。临死的战士在梦中嘴里塞满紫葡萄,以你的武器护身。而你海的光芒在利剑的柄舌和白日的失明中,

"你海的滋味在国王加冕礼的面包和被人祝圣的女人肉体里。'你为我摆开你王朝的餐桌。'寻找正统王位继承权的英雄说。痛苦的人来到海上:'我来这里领取我的国籍证书。'

"在白昼的第一碗乳汁——上了珠绿色光亮的清晨——里,在国王们沿着峭壁公路迁徙的时候,某个历史弯道把我们交给两个海岬间自由之水这种默默较量,而你异乡女人的面孔亦可圈可点。

"(中止吧!陆地的目光终于中止。关于以珍珠作报酬,关于我们穿着饰有银箔的裙服伤心地登船,两个海岬间的较量已经结束,……几艘大船高架翅

膀,把贵重大理石的精华,以及它们的青铜侍女提升到半空。啊!装载的全是黄金餐具,打着我们父辈的印鉴;还有那么多种货币,打着金枪鱼或御者的记号!)"

*

"既然我们是陆地人,岸上人,既然我们是同谋共犯,那我们就做出让步……然而,如果必须把已经出生这种冒犯推得更远,那就让人群为我们敞开不屈的通道,直到港口。

"今晚我们将接触戏剧的古盐、在帝国的所有门口变换方言的海,也接触在别的门口值夜的那片海,甚至在我们身上值夜,使我们惊叹不已的这片海!

"光荣与大海!列强的分立!世纪近旁喜气洋洋的分裂……那是不是你仍留在我们肚腹上的戳记?诸神的密码,我们曾对你进行解读!王家的路径,我们将顺你而行!哦,水沫翻腾的三重浪花和水上加冕礼的那股烟气,就像国王们的土堤上,在魔法符号用白色粗线条勾出的半岛围堤上,那扬花的三重芦荟和在黄昏前的肃穆中爆裂的百年花葶!……"

五

女诗人的说法

女诗人的说法：

"啊，恩宠啊！好苦辛，哪里在焚香？……埋下罂粟的种子，我们终于转身向你，活人的失眠的大海。你是我们的失眠之物，如面纱下的乱伦一般严重。然而我们说，我们也曾见过，女人的海比厄运美丽。我们只知道你伟大而可嘉。

"哦，大海，你像无尽的诋毁，又像神圣的诽谤在我们梦中膨胀。哦，你像猥亵的肿瘤，又像神奇的病痛压迫我们童年的高墙和我们的平台！

"溃疡在我们母腹如解放的印记，爱在创口边缘像众神的血液。爱啊！神的爱与斥骂相同，间间逛过的大温室在我们女人的肉体里，而思想转瞬即逝的群蜂则在源源不断的水上……温柔啊，你将啮噬

"那如芦荟之火，或如珍宝堆中富翁的厌腻，粘

在妇人心中的苦恼,直至那生于曲颈和嘴巴倒弧的灵魂的假正经。

"我们身上一个钟点起来了,我们未曾预见。在我们床上期待家庭的火把倒头,未免太过分了。我们的诞生属于这个黄昏,我们的信仰亦来自这个黄昏。雪松和乳香的味道仍把我们留在城市庇护下的位置,可是海的味道在我们唇上。

"而对陆地每一架葡萄棚的指责与猜疑,在我们看来始于夜阑人静时,我们床上、衣物上海的香气。

"门槛与凹室之神,祝你们健步如飞!哦,服装师和理发师,不可见的女守护神,在公众仪式上,你们在我们后面,向海的光亮高举你们充满城市阴影的巨镜。

"今晚,当我们与幸福的牛栏断绝关系时,你们在哪儿?

"可你们在那里,露台和屋顶的神圣宾客,统治者!统治者!挥舞鞭子的主宰!哦,在伟人国度驱动人类脚步的主宰!在一切方面让人震惊的主宰——在夜间使女人的叫喊高亢尖利的你们啊,

"请让我们在哪天晚上回忆起那里烧毁的一切高傲实在之物。在我们看来，它们属于海，属于他乡，

"处在所有违反道德超出智力的事物之中……"

六

众神甫家的那个姑娘

众神甫家的那个姑娘:

"预言!预言!海上漂泊的嘴唇,和水沫下它刚说出没说完的话关连的那一切……

"被绑在海岬脚下的少女们从那里面获取消息。但愿有人禁止她们在我们中间发言:她们最好说说她们所接替的神祇……少女们被捆绑在海岬尽头,如同被绑在马车辕上……

"急躁,我们在水上有话迟迟说不出口的急躁。大海在岩石上洗濯我们渴望盐的眼睛。在无性的石头上生长着异乡女人的眼睛……"

*

"……啊!一切都只是那歌颂贪婪与盲目时刻的

幸运水泡？那在我们身上挖掘大沙洼的海，那跟我们谈论别的沙滩的海仍然是海？

"给诗人更多的水上同谋，给诗人更多的水下同谋，比他在梦中频频交往的更多！……孤单，啊，广众！谁将为我们解救囚禁在浪花下的看不见的姊妹？——伴同着蜜蜂和伞形花，后退的翅膀和成百片被打断的翅翼……

"啊！那么多的少女被囚禁，啊！那么多的少女被钳口，那么多的少女被压榨———些骚乱的大姑娘，尖刻的大姑娘啊，因喝了青苇酒而醉醉醺醺！……"

*

"……你们的儿子会记起，他们的儿女也会记起，沙地上的新种在远处重复了我们不犯错误的童贞女的脚步。

"预言！预言！被罩上风帽的世纪之鹰在海岬的刚玉砂上磨砺，变得更为刚烈。一些黑色的褡裢在荒蛮的天边变沉。在被淡弱的金晖照亮的群岛上，雨水突然倾倒启示的白燕麦。

"可是你们，你们对启示有什么要害怕的？对水面上的一丝微风，对那丁点儿淡硫黄，对那如梦的配料和预兆的黑盐，迎面朝我们扑来的黑色小鸟纯粹的下种有什么要害怕的？（骥是名字，远洋飞鸟是种类，间歇的飞行则如同夜蛾。）"

*

"……考虑到我们的年纪，有些事情应该说出来。在物体的断口，有一种少有的锋利，恰如利剑碎片上那种干黏土和铁器的味道，总是吸引生来命好的人的嘴唇。

"'我渴望，我为你们渴望异乡之物。'海鸟在其交尾高潮中的叫喊！于是异乡土地上的事物不再有意义……对于我们，海的大陆并不是婚姻的土地及其葫芦巴的芳香；对于我们，海的自由天地，并不是被家养的星星照花眼睛的常人那面山坡。

"与我们在一起的姑娘被称赞。当沙地的甘薯类植物转为锆石红，大海披上燔祭色的时候，在海藻狼藉，如人迹荒凉的垃圾地的沙滩上，在从浩淼的水面升起的神圣臭气中，她们会在最高的桅桁上绷紧自己的身子!……"

*

"……一些被摊开的绚丽布景清楚地显现在调换帆向的天底。我们内心的喧闹在铁梳下复归平静。海在我们身上,如在石砌教堂大后殿那些僻静的房间涌起……

"啊,使女人的眼睛更为阴郁的海,胜于海的美妙和呼吸,胜于呼吸的温柔和梦幻,以及我们鬓边从那么遥远的他乡带来的宠爱啊,有些未来之物

"在连续之中存在,如神圣的唾液,如永恒的活力。温柔存在于歌唱,而不是口头表达术,存在于呼吸的衰竭,而不是语音。而存在的幸福与水的幸福正相适应……"

*

"……在严峻的大洋上,雨播撒它水的忧虑:神的眼皮闭合了同样多的次数。雨在大洋上熠熠闪光:同样大的天空在稻田的食槽里壮大。一些被活生生捆绑的大姑娘,在染成金黄的阴云重负下低下头颅。

"有时海平静了,它那高龄的颜色,竟像晨曦辉映下新生儿的眼睛,也如衬着金色的底子,葡萄美酒透出的辉光。

"或者披一身灰白的花粉,好似蒙上九月的灰尘,它成了贞洁的海,光着身子走入精神的灰烬。可谁还会对我们附耳谈论那真实的场所?……"

*

"……我们被轻轻地呼唤,都凝神谛听我们身上那近在咫尺又远在天边的东西——如同帆缆最高角那北方的季风十分嘹亮的呼声。温柔存在于等待,而不在于呼吸和歌唱。这是些不便言喻的道理,只有我们略微领会……我们倒不如保持沉默,让小小的贝壳给嘴巴带来清凉。

"哦,在墨黑的水上漂泊寻找圣庙的人,你们远行,长大,而不要去建设。含有风化岩石的土地从它自身出发,来到这些水的斜坡上解散。而我们这些解除约束的女仆,徒劳地行走在松散的流沙上。

"过于温柔可人的女人啊,一处处露头的滑腻白黏土，过于温柔可人的女人啊，一团团疙疙瘩瘩的软烂白泥灰岩，在我们睡意蒙眬的女人脚步之前挨到陆地。用踏在这夜间苦行之上的脚掌——如同在特征被白雪覆盖的暗夜用盲人的手——我们跟随这凹凸不平的纯语言：脑膜印模的外凸，胚胎早期脑叶的隆起……"

*

"……雨水过去了，未受任何盘问。它们长长的预兆车队去了沙丘后面，解脱了套车的牲口。心心念念都在夜晚的人离开了田野。唯有双双对对粗笨的牲畜朝海走去。

"海啊，假若我们也不曾掉转头，那就让人来斥责我们吧！……腥咸的雨水从远海淋到我们身上。可这是碧水在大地上的光亮，正如人们一年四次所见的那样。

"孩子们啊，你们既然迷恋水生植物宽大的叶子，你们也会在那碧水的半夜抓紧我们的手：解除束缚的女先知就要和雨点一同去修整稻田……"

（可是，在那方面，我们本想说点什么，可是我们又不知道说什么？）

七

一个从神祇手上升华的夜晚……

一个从神祇手上升华到海岛间熹微晨光的夜晚，我们的女儿们三次呼唤彼岸的众姑娘：

"今晚我们开营火会！今晚我们开营火会，在所有海岸！……还有我们的联姻！——最后一晚！！！……"

*

"我们生着帕尔卡女神①那样乳房的母亲们，坐在她们的雪松椅上，在种植着茎杆植物的花园里为剧本的蹩脚担心——夏季享受了过多的爱，直至它黄蜂的尾段，

"因而在白色玫瑰园中失去了记忆。

"我们，髋更窄，头更尖的女人，早就与波涛的绞具有缘的泳者，献给未来的海浪一副更敏捷的

---

① 希腊神话里掌管生、死和命运的三女神之一。

肩膀。

"寡妇的尖刀和宽叶薰衣草并没在我们轻飘飘的篮子里睡着……对我们来说,前进中的世纪这声呼啸和它壮丽的奔流,

和它海的高声呐喊仍然都未听见!长着龙胆眼的雷雨贬损不了我们的幽梦。而追着我们脚步漫过来的戏剧本身只是我们赤裸的踝骨边翻滚的浪花和蛮佬的语言。

"因为好奇,我们静候那第一声鞭响。水面上挥舞的利剑,宛如在民众广场翩翩起舞而遭斥责的君主的女儿,

"对我们而言只包含一条光芒四射生气勃勃的辨证法,

"如在家庭祖母绿大宝石那晶亮的焦点……

*

在冬至前后七日跳枇杷舞的人,哪天晚上舞步弱缓之时会感到恶心,而憎厌之情会猛一下把他攫住,

"但他不是厚实的祭坛入口,

"如连续锤击其波涛之田的大海本身——那波

涛是偶像之波,迈着戴绿帽子男人复仇的步子踉跄而行。

"明日,我们穿上戏靴,不佩珠宝,面向路上的大戟;但今晚,赤脚套上仍属童年的凉鞋,

"我们下到童年的最后一道山口,朝海走去,

"从荆棘丛生的小径。那里,微微颤动地飘飞着团团发黄的陈沫和片片抱窝老禽的羽绒。

"友爱!不管我们是什么人,请给我们以友爱:连同浪花、翅膀和水上的断羽,连同盐的闪光和混流的水上那不朽女人的大笑,

"还有我们本身,阔大无边的

"白羽裙中的泳者!……和整个巨大无边的绿网,和整个巨大无边的金簸箕,友爱在水下簸扬一个琥珀和黄金的时代……

*

"一个染成绵枣儿和山萝卜颜色的傍晚,当峭壁的绿斑鸠把它水笛的快乐抱怨送到我们的边界——海上的瓜叶菊不再是人们害怕的叶子,远海的鸟对我们掩住其嘤嘤鸣叫——

"一个在额头比在我们解开的腰带更温和的傍晚,当掌管生死命运的帕尔卡女神遥远的犬吠在山腹中睡着——克莱莉①这个花园的斑鸫不再是人们畏惧的传奇,而海躺在曾是我们起点的地方——

"我们曾说此刻比我们母亲孕育最美丽女儿的时刻更美。今晚肉体毫无缺陷而天空的大净给我们洗浴,好像用的是脂粉……爱啊,是你!千方不要走神!

"在白日没有爱过的人,今晚保准会做爱。谁若在今晚出生,我们永远把他当作知情人。女人们在暮色中频频相召。家家朝海打开房门。僻静的大房间在夕阳的辉映下兴奋。

"揭开吧,朝海风揭开我们的香草瓮!毛茸茸的植物喜欢长在海岬和小贝壳堆上。一只只蓝猁猁吃饱了带刺的无花果,溜下红岩。而用石英雕凿祭碗的男子向燃烧的大海出让他的祭品。

"那上面有人召唤。是倚在门边的女人清脆的声音——最后的傍晚!——和我们瘫在床上,任微风轻抚的纱罗衣裙。那上面走动着散步兜风的女仆。我们

---

① 17世纪法国女作家玛德莱娜·德·斯居代利与其弟弟合写的历史小说《克莱莉》(*Clélie*)中的女主人公,假托古代题材,写当时贵族的爱情生活。

的洗衣妇忙着准备我们女人夜间穿用的服饰。

"衣物的清新留在台板上。从旅行箱笼里取出最后一晚的银器……我们的卧房朝大海敞开,傍晚伸进一条偶像的臂膀。在未举行弥撒的神殿,死人的太阳排放它金色的柴捆。风尘仆仆的母骡在庭院的拱柱边停步。

*

"……活着的女人啊,时候到了!海风把它的运气让给陆地的最后一阵微风。如奴隶装着鼻环的树木展开它簌簌作响的叶。我们的宾客寻找通向大海的小径,在山坡上迷了路。女人们寻找薰衣草,而我们自身浸浴在薄暮的净水之中……黄昏的脸上没有丝毫威胁,只有透着海鸦白色的那一大片海天。东方垂挂着一轮薄荷月。天边点缀着红星,宛如尝到了盐味的公马。于是海上的男人进入我们的梦境。最好的男人啊,来吧,挑吧!……"

八

异乡人,你的帆船……

异乡人，你的帆船那么久地顺着我们的海岸航行（夜间有时听到你那些滑轮的吱嘎声），

你会告诉我们你的痛苦是什么，在更暖和的晚上，谁促使你踏上走惯的陆地，来到我们中间？

*

"在起着一团团白晕的黑色大理石港湾，

"帆船是盐做的，戳记不深。可是那么大片的天空却是我们的梦？

"鳞片，从神的面具上刮下的柔软鳞片，

"和远处被隔离的麻风水上的微笑……

"比脱离翅膀的羽毛更自由，

"比逃避暮色的爱更自在，

"你在成熟的水上——它终于摆脱了年龄——看见你的影子，

"并听任锚在海底牧歌中颂扬权利。

"水上一片白羽毛,朝向光荣的一片白羽毛
"突然让我们感到那种肝肠寸断的悲伤,因为它是那么白而且在夜色将临时分……
"一片片羽毛在黑水上漂流,作为最强者的战利品,
"它们可会告诉您,黄昏啊,那儿发生了什么?

"风带着高地的泥土,连同久久飘荡的槟榔和熄火的炉膛味道,
"名媛贵妇在海岬上,朝薄暮的光辉敞开一只用黄金扎穿的鼻孔,
"而海在高贵的脚步下变得愈加温柔。
"命运仍会向我们伸出它的石手吗?……

"在你们的沙滩上是海这个女基督
"使仍在所有快乐肉体之间的肉味成熟,
"陆地置身于贪婪的荆棘和以泡沫为生的玫瑰之间,在它多孔的岸上打磨。
"在我们看来,它成了轻浮之物,

"比梦中女人的衣物,梦中灵魂的衣物花销更大。"

九

船舶窄小

在夜晚第一批灯火的延伸中,迟迟来到这些大理石和青铜艺术品中的恋人啊,

在陌生的人群里沉默不言的恋人啊,

你们今晚也将为大海作证:

I

……船舶窄小,我们的眠床窄小。烟波浩淼,在欲望封闭的房间里,我们的帝国更为广阔。

夏天进来了,它来自大海。我们只会告诉大海,
在城市的节日里,我们是什么样的异乡人,以及某星某晚从海下的节日里升起,
来到我们床上,闻神圣的尿布。

邻近的陆地徒然为我们划出它的边界。全世界翻滚的同一道波浪,源自特洛伊[①]的同一道波浪
驱滚它的髋部直达我们面前。这道轻风昔日曾吹到远离我们的汪洋……
然而有一晚房间里喧声鼎沸:连死亡本身吹响的螺号,也没有被人听到!

[①] 小亚细亚西北部临海的古城。古希腊传说中的特洛伊战争发生在此城。

双双对对的男女啊,喜爱船舶吧,还有卧房里高高涌起的海!

陆地有一晚哭泣它的神祇,而人则猎逐红毛畜生;城市在衰退,女人在遐想……但愿我们门前

永远是这个被称作海的黎明——翅膀的精华,武器的撤销,爱与海同属一床,爱与海同睡一床——

而这场对话仍在卧房里进行:

II

1

"……爱啊,爱,你把我诞生的啼叫保持这么高,使它从大海走向恋女!所有沙地上遭受践踏的葡萄藤,浪花在每个肉体中的善行,沙滩上水泡的歌声……致敬,向神圣的勃勃生机致敬!

"你,贪婪的男人,脱我的衣服吧:比驾船的船长更见沉着的主宰。那么些衣服解开后,就只剩一个得到承认的女人。夏日开始了,它以大海为生。而我的心给你展示比碧水更清纯的女人:种子和甘甜的汁液,与奶混合的酸,和鲜血一起的盐,金子和碘,也有铜的滋味及其辛涩的成分——整个大海装在我身上,如同装在母亲的坛子里……

"出生于海的男人躺在我躯体的沙滩上。愿他把脸贴在沙下的泉水里汲取清凉，愿他如身上刺着雄蕨图案的神，在我的平地上得到欢乐……我的爱哟，你干渴了吗？我是在你唇上比干渴更新鲜的女人。我的脸埋在你的双手，犹如埋在海滩的清凉手掌间。啊！愿它是你燠热之夜扁桃的沁凉和黎明的清爽，和在异乡海岸上对果子的最初认识。

"有天晚上，我梦见比梦还要葱翠的海岛……航海者们上岸寻找一种蓝水，结果发现了——正是退潮时刻——流沙重新铺整的寝床：乔木状的海退走了，只在上面留下这些纯粹的枝叶印痕，如同一株株遭受摧残的大棕榈树，又如一个个心醉神迷的大姑娘，缠着围腰，披头散发，被大海留宿在眼泪里。

"上面是一些梦的图景。可是你，额头平展的男人，你既然睡在梦的真实里，对着圆的壶嘴喝水，就知道它那布匿人①的保护层：石榴的肉，仙人掌的心，非洲的无花果，亚洲的农作物……我的爱哟，女人的果实胜过海的果实：从我这个既未涂脂抹粉也未盛装打扮的女人手上，收下海的夏日定金……"

---

① 古罗马人称腓尼基人为布匿人，并认为他们比较狡诈。

*

2

"……男人心中,孤独。男人也奇怪,没有岸,却泊靠在岸边的女人身旁。而大海我本身仍走向你的东方,如同走向你那混杂的金沙,并在你的岸上,在你的黏土圈——与孕育她的波浪同生同散的女人——缓缓的展开之中流连忘返……

"而你愈是赤裸愈是贞洁,仅仅因为你双手被覆盖,你就不是深水的童贞女——那是青铜或白玉的胜利女神雕像,被辛苦劳作的渔人那沾满藻类的大网和古代的双耳尖底瓮一起打捞上来,而是长着我的面孔的女人肉体,是我嗅觉下女人的热气,是被她自己的体香所照亮的女人。那体香宛若半合的手指间粉红的火苗。

"一如盐存在于麦子,你身上的海存在于其本原。你身上属于海的东西,给你养成了易于接近的幸福女人的趣味……夜里,在船底,你的脸被翻倒,你的嘴是供食用的果子。我的呼吸在你的胸口自由通畅。而欲望的海面从四面八方涌起大潮,宛如那月亮近地期的潮汐。而雌性的陆地装点着气泡,向淫荡而柔顺的大海敞开怀抱,一直敞到它的池塘、沼泽。涌进草地的海水发出戽斗水车的吱嘎声响。夜晚充满了孵化……

"我海味的爱啊,让别人远离海洋,在封闭的山谷深处放养牧歌——薄荷、蜜蜂花、草木樨、温和的庭荠和牛至——这人在那里谈养蜂,那人在那里照料绵羊生产,雌羊身下垫着皮毛,亲吻着黑花粉墙下的土地。在桃树挂果、葡萄园插好撑竿的时节,我斩断了把船壳固定在木制下水架上的麻绳结,于是我的爱来到海上!而我的焦灼不安也来到海上!……

"船舱窄小,结合紧密,可恋女忠贞不贰的躯体啊,你的节奏更紧凑……船体本身究竟是什么?船的形象图案是什么?是无桡的摇艇和两地间往返的小舟、还愿的船只,连同它正中间的洞口;它以水下体的形状接受审视,在曲线上作了加工,顺着海的波浪线,弯弯曲曲地钉着双重的象牙色船拱……船体的装配者总是用这种办法把龙骨肋骨和底肋木的作用连在一起。

"船舶,我美丽的船舶,肋骨弯曲,载负着男人一个夜晚的船舶,你是我载运玫瑰的花船。你在水上冲断祭品链。于是我们与死亡作对,行驶在猩红色大海黑色老鸦企属植物丛生的道路上……被称为大海的黎明广阔无边,浩渺的海面横无涯际,在翻耕的土地上梦想我们紫色的疆界。而远处涌起的长浪顶着红锆石,像一群恋人!

"只有在爱的航船上才有更高级的侵占。"

Ⅲ

1

"……我的牙齿在你的舌头下面洁净无垢。你压在我心口,支配着我的肢体。我的爱啊,床的主人,一如船主。在船主的紧握里舵把柔顺,在他的威力下波浪平和。与帆缆索具一起哼哼唧唧的,是我身上的另一个……全世界翻滚着同一道波浪。同一道波浪一直翻到我们面前,翻到世界的远地,翻到世界的高龄……而那么多波涛从四面八方涌来,甚至在我们身上开辟通道……

"啊!唯愿你别做我的狠心主人,冷漠无言,外出不归:你是灵活熟练的驾驶员,却是顾虑重重的恋人!愿你从我身上,比从你自身获取更多的收益。恋人啊,难道你也不希望被人炽爱?……我忧心忡忡,忐忑不安。有时,男人的心在远处迷途,于是在他目光的弧圈下,一如在孤独的巨大桥拱下,出现了耸立在荒漠门口的那堵海的高墙……

"哦,你和大海一样,也被那些遥远的重大事物缠住。我看见你并接的眉毛比女人的伸得更远。你航行的夜晚会没有岛屿,没有涯岸?在你身上又总是谁遭否认谁被抛弃?——可是不,你微笑了。是你,你来到我的脸上,带着那股怀疑的、属于水上行走的某个重大命运的强光(哦,在大块黄绿泥田之间突然被光照射的海!)。而我,向右侧睡着,听见你奔腾的血液在冲击我赤裸的女人胸脯。

"我的爱啊,你在这里,我只在你身上有寄身之所。我将把我生命的源泉向你奉献,并向你敞开我女人的夜晚,它比你男人的夜晚更光亮。而我身上爱的崇高或许将教给你被爱的优美。那么,给肉体游戏发放许可证吧!祭品啊,祭品,还有生存的恩惠!夜向你袒露了一个女人:她的船体,她的小港,她的海岸;以及她隐藏着所有回忆的前夜。愿爱把这些变成它的窠巢!

"……我的头在你双手中是窄小的,我的额套着铁箍是窄小的。我的脸可供食用如海外的果子：有一晚，午夜之前，在帝国石板上奔跑的亚洲来使在沉默寡言的御座脚下献上卵形的黄芒果、火红的玫瑰花……你的舌头在我口中如海的蛮荒，我满嘴都是铜味。可我们夜间的食粮并非黑暗的食粮，我们夜间的饮料亦不是罐中的饮料。

"你双手把我恋人的手腕抓得更紧。我的手腕在你双手把握下，活像竞技者绑着皮带的手腕。你把我的双臂举起交放在我的额上，而我们也额头抵额头，好像要为了海，一同在沙上完成一些重大事情。而我本人将是你在沙上的群众，生活在你那神的群落中间。

"或者我的手臂毫无束缚！……于是我的双手获准放在你肌肉的挽具中间：在背后鼓突的肌肉上，在腰间滑动的肉团上，你力量的四马双轮战车在奔驰，宛如水的肌肉组织本身。主人啊，我赞颂你的双手！还有你高贵的男人肋部，那光荣与勇敢的板壁，一旦脱去衣服，可见那里仍保留着勇敢，一如甲胄的痕迹。

"欲望的大炮朝束缚它的皮带开火。双眉相接的爱向它的猎物俯身。而我,捕猎者啊,我看见你脸上幡然变色!当天神的震怒向他们猛泄下来时,在圣堂里抢劫祭品的强盗也是如此……你这个神,我们路过的客人,情欲好色的海鳗,你在我们体内溯流而上。铜钱在我舌上,海在圣堂里点燃,爱在大法螺里低吼,好似君王在枢密院咆哮。

"爱,爱,陌生的面孔!谁在我们身上给你敞开它海的道路?谁来把舵?用哪只手?……不可靠的神啊,快跑去取假面具!把伟大神话的大逃亡掩盖!与秋日相交的夏季,在过热的沙地上把它有金色大理石花纹的青铜色卵球打破,那里面生长着妖怪和英雄。而海在远处散发出浓烈的铜味和雄性躯体的气味……海的联姻就是我们的爱情,它涨到了红盐的门口!"

*

2

"作为恋人,我不会为恋女加高屋顶。夏天在海的耕地上用长矛打猎。情欲在它的巢地上呼啸。而我,宛如沙滩上空追逐猎物的苍鹰,用自己的身影将你躯体的光泽完全罩住。这是天意,它把我们连在一起!被奉献的躯体啊!我双手举起你乳房祭品的时候已过。一个雷电和黄金的所在以其光荣让我们满足!是火炭的报答,而不是玫瑰……难道没有一个沿海的省份,曾被人在玫瑰的遮掩下巧妙地掠夺?

"最美的肉体啊,你的躯体使海的夏季特征成熟:打着月盘和月牙形的印记,染着黄褐色的斑块和猩红的酒渍,像沙子一样漏过淘金机的筛孔——沾着金子,被清水里拖动的光的大网捞起。最美的肉体,盖着神的印记!……从颈背到腋窝,到腿弯,从大腿内侧到赭色的踝骨,我将低头在从你出生顺序上收集的起首字母中,寻找你出生的密码——如同每晚计算从海下地台升起,慢腾腾地去西天参加赞美大会的星星。

"夏日,树皮和油脂的燃烧器,把黑松的香味掺入女人的琥珀。女人晒褐的皮肤和琥珀的橙黄色是七月的嗅觉和咬啮。诸神亦是这样,他们染上并非属于我们的疾病后,穿着他们女儿的紧身褡,变成漆一样的金黄色。而你呢,覆着一层地衣,你不再赤裸:髋骨点缀着黄金,大腿光溜溜的,如同古希腊的重装步兵……你应该赞美，被自己的光泽覆盖，像国王的金子一样打着印记的高大躯体！（这些裹着极软的麂皮，扎着粗麻布条，交叉捆着草绳，装在舱里运往宫廷的哑白铸铁，谁又不想剥光它们的包装呢？）

"啊！宛如吮吸了某位皇亲国戚膏血的女人！女祭司穿的黄袍的黄色，大缸里栽培的玫瑰的粉红！你出生时由神的原器作了记号。难道在露台的葡萄棚火上灼烤的肉体，不曾作出一个更高的表示？被爱情烧灼的颈项，正值暑季的头发，还有如大泥碗里腌制的玫瑰一样发烧的腋窝……你像祭坛上祭供的面包，带着被红线标出的仪式切口……你是鱼形的纯铜偶像，被人用岩石或峭壁的蜜汁涂抹表面……你是赤日炎炎的中午倾泻它的灯油时光焰四射的大海本身。

"你也是已届婚龄的灵魂和沙漠喇叭口里红焰的焦灼；你是沙砾的芳香，沙砾的热力，甚至是它的好意：你是它的呼吸，在火焰影子的欢乐中。你散发着不朽的沙丘和全部共有海岸的气息。梦幻那苍白的罂粟在那里簌簌颤抖。当海在远处退到它那多孔的地台上时，你是盐的欢呼，盐的预知。你是层层金色页岩脚下的鳞片、绿光和绿光的游蛇。在那里沙地的香桃木、矮橡树和蜡树下到海的光芒里寻找它们的雀斑……

"啊，女人和变作女人的热情！闻过你的嘴唇不会去触碰死亡。活泼泼地——有谁比你更活跃？——你散发着碧水和暗礁的气味，你散发着处女和海藻的气味，而你的母腹用当代的恩爱洗濯。你有嵌着星辰的石头气味，有在水的淫荡里激动的铜味。你是海浪背面顶着藻冠的石头，熟悉嵌饰有最大叶状体的石灰岩反面。你是被阴影遮蔽的砂岩正面及其善良。你与野燕麦、沙滩的黍子和被淹沙地的禾苗一起摇曳；你的气息混合在禾草朝海吐出的气味里，而你自身与沙砾朝海的流动一起消失……

"陶醉啊，太陶醉了，高贵的心灵！竟留宿这么多海浪，而肌肤也比眼膜更为敏感……你跟随不可抗拒的擅长于其工作的大海。然而你感觉到不可缓解的压迫，便向——自由也罢，不自由也罢——水的扩张敞开。于是可伸可缩的海在你身上使用其指环和瞳孔。它白昼缩小，夜晚扩大，占据你的无边巨眼……敬礼！向水的同谋关系致敬。对你的灵魂来说，这里并无冒犯！既然神的暴烈性情抓住了女人肚里待生的男人，却把女人放在其衣物和碎羊膜堆里揉压，啊，既然大海本身就吞食藻类和胚胎,并把它胎盘的大袋,它分层的大藻,它接生婆和祭司用的巨大皮围裙抛给法官与母亲会议,那么愿它满足与其牺牲品会合的神圣意愿,愿倒在花被里的恋女向海的夜晚献出她被揉皱的大唇形科植物的肉体!对她的灵魂来说,这里并无冒犯……

"淹没!顺从!愿神圣的快意把你——它的住所淹没!狂烈的喜悦存在于肉体,而肉体的刺激存在于灵魂。我看见女神的虞美人在你的唇齿间熠熠生辉。海上的爱焚烧了它的船只。而你,你乐于耽在神的敏捷中,因为人们看见清水底下灵活的神祇。在那里,一条影子游来游去,解开了她们轻柔的裙带……敬礼,向神的多样性致敬!全世界翻滚着同一道波浪。我们的行程翻滚着同一道波浪……节奏紧凑,顿挫紧促,居中折弯女人的躯体如同旧时的米尺……放荡,你将长大!淫猥的海激励我们,它的承水盘的气味在我们床上飘荡……销魂的卧房全都刷成海胆红。"

IV

1

"……女人在沙上的呻吟,女人夜间嘶哑的喘息,都只是在水上逃遁的雷雨的喁喁私语。雷雨和悬崖的野鸽,在沙滩上破碎的心,仍在海的恋女流泪的幸福里!……你这个压迫者,把我们当作一窝鹌鹑和一溜迁徙的翅膀来蔑视的人,你会告诉我们,是谁把我们召集的吗?

"混杂在我声音里的海,总是融合在我身体里的海,爱,在岩礁和珊瑚上高声说话的爱,你们会把节奏和宠爱留给爱得太痴的女人肉体吗?……女人的,而且是被压迫女人的呻吟,女人的,并未受伤的女人的呻吟……哦,主人,我的痛苦;哦,主人,我的快乐!有哪个被逮着的温柔傻瓜会因为多几分爱而遭受惩罚?

"我是女人,恋人不在,我整个躯体就痛苦难熬。为了我们,沉重的马车在水上行驶。让马用蹄子踏我们,用额角顶我们,让车用烤花的青铜辕木冲撞我们!……可恋女挽着恋人好像两个乡下佬,而恋人搂着恋女宛如一堆星辰。于是我的躯体不顾体面,向做种的雄性猎隼袒露,一如大海本身供给雷电交媾。

"哦,奋起反抗死亡的海!让它在全世界行走,去与你爱的游牧部落会合!它的千斤顶上只有一道波浪……而你,主人,统帅,你会使用我们的武器。那弯曲而光滑,长着眼镜蛇的花颈的大浪,唯有爱使它停在摇摇颤颤的茎上。

"没有一支亚洲的笛子,会使膨胀的妖怪平息,哪怕它给自己的西葫芦肚子鼓满空气。可是舌头交舌头,呼吸对呼吸,气喘吁吁!满脸大汗,眼睛被酸侵蚀,唯一支持你来我往激烈缠斗的女人,脾气暴躁的恋人,后退弯身又迎上来的女人,终于发出她恋人和女祭司的叫声……

"神圣的柄,你将发起攻击吗?——妖怪的恩典,我的延缓!还有焦灼难熬,更加强烈!……斜偏着头的死，头胀成流线形的爱，射出它频频伸吐的舌头。连续不断是其名；童真未凿是其时。倾听死的生活之音吧，还有它的蝉鸣……

"神的许诺，你将发起攻击！——哦，主人，你的答复更加迅速，而你的告示更为有力！独裁的人啊，大声点说话！猛烈地攻击，持续不断地用力：刺激已达极点！粗大的海鳗，再深入一些探索；海里的闪电便是这样寻找船的套壳……

"你攻击过了，神的雷电！谁在我身上发出这未断奶女人的尖叫？……哦，光彩！哦，忧愁！不朽女人的巨梳梳理着光粼粼的浪花！整个这层顶楼，正在坍塌的顶楼，就是金色的布景照明灯！我以为置身于神话和禁区。

"神啊，我的宾客，你在这里，把你勃勃的侵入推进器留在我身上。未被叫卖的灵魂那悠长的呐喊也令我们心醉神迷！……那迷人然而徒劳的死神迈着滑稽演员的步伐，去光顾别的眠床。而那异乡的海浮满泡沫，在远方别的海岸生殖它的仪仗马队……

"我的爱啊,这些眼泪可不是人的泪水。"

*

2

"……朝龙骨敞开的船舶,被金子和炭火照亮,实在是海难燃烧的篓子!哦,光彩!哦,忧伤!抓住生命,而且如此迅捷!大海并不会更热中于使它的神衰竭……

"宽恕曾在此地待过,那样短暂地待过的女人——啊!如同在王室的酒樽里饮过血,便不再清楚自己的等级和地位(然而梦幻依然记得)的女人:'我同迷人而徒劳的死亡经常来往,我与无脸的雷电平等交谈;对于海我比活人了解更多,我也知道在其黄火空隙间存在的古老罪恶。梦见清水下躺着裸剑的人,绝未把火与泪从童话中驱走……'

"未获真情的女人啊,恋女的眼泪,其源泉并不在恋人身上。对嫉妒的神心怀敌意吧,是他把你采到我怀里!把葡萄串放在你我脸间压碎的手是外来的。你这个不可分的女人,却背叛……背弃,背弃,忧伤啊!出入生命是一出哑剧，有谁又开过口？即使说话也不能让别人听明白。我们的风景不能住人，即便撬门也是徒然。不过生活的勇敢在于进入，而不是习俗与财产。

"……情欲啊，你将再生！并会告诉我们你的另一个名字。哦，痴情，王家的大道，酒醉醺醺的国王从这里站起，由盲人护送！情欲，走在我们之前，把我们陪伴的情欲，这是否你唯一的名字？你还有没有其他名称？……哦，让沙砾在远方看不见的门槛前呼啸，让启示的临近在水上变得清晰的你，哦，作为先驱的你，作为预言者的你，你的搜寻最广，你的道路众多。你在我面前缓过气来。你总是把你的武器递给我，可你也总是把弓上的女人递给我吗？

*

"情欲移动的龙卷风，还有往四面八方分送其预兆的闪电！强壮的神在水肿胀的脸上吮吸。带着鲛鳒假面的海不再与万物忧郁的实质结合。情欲，主人啊，看看你的作品！而梦幻蜿蜒曲折的海，像玻璃化的火山熔岩之海，闪着晶亮的黑玻璃光泽，把它的三面体立方体出让给凿子！

"来吧,雕塑家,伟大的心灵——因为作品伟大——来到你的普通工,你的全部采石工和姑娘中间。梦幻啊,再看看你的作品:不是金银匠的盾牌,亦非精雕细琢、上面显映快乐的丑行(豹子藏身于葡萄园,处女置身于公牛后臀,或海豚用浪花的葡萄蔓做头饰)的银镜,

"而是只用一把榔头一块黑亮的煤玉,雕凿的这股强大力量与联合的织物,就像满载的船舶舵把上罩着的铁丝网:海,它的发髻,它的括约肌,它在情欲之环上闭着的百万只眼——或者海,宽衣解带,披着它遍体鳞伤的黑牝马长袍:凉快而淫猥的裸露!

"……女友,我最好还是说,何况众神已经走过:在海的长浪背面,在它光溜溜的石墨长桌上,在远处绝美的土灰罂粟田的平静之中,只一面,只一口气,我倏地瞥见了它,静止的海,透着沉积物的颜色:远方的海就像一位苏丹,正梦见他那些额上点着蓝脂的黑种王妃……

*

"……啊,正在上涨的,宛若在奔跑中被捉住的

高大女人!我仍将全副武装在你肉体的夜晚起来,身上仍将流着你海的岁月。

"灵魂仍是那样紧密地贴在肉体的切口!在你多刺的岸上歌唱,结结巴巴地说话,如厄立特里亚①的姑娘——呕吐出其神的力量与温柔大水蛇在礁石上袒露身体的女预言家,你仍将经常接触梦幻的真实:这另一片海,更广阔又更邻近,却无人给它教育,亦无人为其命名。

"借贷的神啊,开始你的路程。我们是你的接力人!全世界翻滚的是同一道波浪。从特洛亚起翻滚的是同一道波浪……波涛涌起,变成女人。长着恋女肚腹的海孜孜不倦地堆积它的猎获物。爱让雪松床在它的木板,让弯曲船体在它的接头处歌唱。海则使它们摇晃。我们的床富于祭品,和我们功业的载荷……

"钉在我的艚柱上的童贞女啊!一如被当作祭品而宰杀的女人,你是给船首刃口浇洒的祭奠葡萄酒,你是大海给摇晃活人的死者供上的祭品:告别仪式之

---

① 位于非洲东北部,南邻埃塞俄比亚,东北濒临红海。

后，松散的红玫瑰花链在水上摊开——而不法商贾的航船夜晚将切断它的香线。

"情欲,戴着假面的君王啊!你已告诉我们你另外的名字!……而你,恋女啊,为了你的神,你仍发出你那白尾海雕的叫声。而你,恋女,为了呐喊,你仍将倾身吸气——当心点,神一直进入那轻柔的吸气声,和那低微的元音。……服输吧!服输吧!……还是向问题臣服!

"可是谁在你的侧翼,把你剥得一丝不挂,并把你仰面推倒,如雌鹰面向难以对付的对手,爪子紧按着他的肋部?……攀附在岩石上的好斗的强大荆棘啊,你对死亡的斥骂比海更猛烈。愿爱与海互相了解!愿生和死同居于藻类的叶状体!……我放出闪电,它的搜寻绝不是徒劳。你攻击吧,神的雷电!……缠住人心不是诡计。而恋女亦不是哑剧演员。分叉的侵入之树,闪电重新爬上它的躯干!……

"——就这样,有名有姓的女人在中午打动了水的迷人之心:伊斯塔尔① 被闪电和绿鹰驱策,裸体罩

---

① 闪米特神话中掌管天与生殖的女神。也即上文所谓的有名有姓的女人。

着用她漂流的火织成的碧罗宽裙，光彩照人……啊，要光彩，不要忧伤！要割而不断的爱！心灵最终摆脱了死亡！……你给了我这声响彻云霄、在水上绵延不绝的女人呐喊。"

V

1

"……躺在你身边,宛如舱底的桡楫;滚翻在你身边,恰似帆篷连带横桁,捆在桅杆下方……龙骨下,航沟里,涌出百万兴高采烈的气泡……而我们的梦,大海本身,恰像独一无二的硕大伞形花……它的百万花粉花絮正在飘散。

"智慧啊,死后的继续存在!雷雨的清凉,由于眼皮被打青肿,它脱离了雷雨的青蓝……生存的幸福哟,摊开你的掌心……可它真在那儿吗,它不过是一桩善行?有一个步子在我内心离去,但它绝不是女人的步子。远处一些旅人在旅行,我们没有招呼他们。拉紧浸着金晖的帐篷吧,啊,死后纯洁的绿荫……

"沉默的巨翼,曾那么长久地跟在我们船尾,无声无息。如今在梦中，在水上，它仍旧指引我们曾那样相爱的肉体，我们曾那样激动的心灵……远处最后一道波浪奔腾而来，把它衔着的祭品举得更高……我爱你——你在那里——巨大的幸福在那里被全部享用。

"慢一点吧，万物向终点的移动。死者在死亡中航行，并无生者的操心。放肆的黑夜把我们抱在它的两肋。而我们松开了紧搂的手臂，以倾听无岸无礁的海在我们身上漫洇。太强烈太温顺的情感。千百双赞许的眼睑……

"在这整个静穆的所在，恋女直眨眼皮。波平浪静的海把我包围，向我展示它棕榈树的顶点。我听见血那有营养的公平液体在奔腾——我仍在哺育的梦啊！我的嘴唇沾了你诞生的盐，而你的身体沾了我出世的盐……你在这儿哟，我的爱，我的寄身之所只在你身上。

"在你的气息里，如在船帆的遮护下，我因此而微笑。轻风吹进了船篷……愿我是你关系密切的甜蜜，是你在水上温柔的欢乐；是你熬夜时的静寂和清醒，你睫毛影子里的眨动。把我女人的额头和妻子发际的芳香给你；把男人心那水母里血的奔涌搏动给我。

"我的左乳被你握住,帝国的玉玺已被窃取!……合上你的手心,生存的幸福……压在我髋骨上的手遥控一个帝国的面孔,而爱的仁慈扩及它的所有行省。让水的和平与我们同在!远处,白雪黄沙之间一个广袤王国打开了国门,正用波浪洗刷其白色的牲畜。

"而我,在清澈的水底,我是什么?一株棕榈庄严的自在又是什么?是谁在摇头摆尾,柳珊瑚?……我听见无名的庞然大物在暗夜里生活。而畏惧的荆棘生自我缺席的肉体。门槛石横在门槛中央,海水已将它漫过。徒然而异端的死亡哟,你已被特赦!官司赢了,海又协调一致。于是远方的恩宠被分享,爱汲汲于它的好处。

"安然无恙的诸神啊,把我从死亡救出的诸神啊,为了我们这份满足,为了你们在我身上表现的这份爱的伟大劳作,和你们在我身上吐出的这声海的呐喊,你们该受赞扬。换了祭服的死亡去远方哺育它的信民。波翻浪滚的大海为我们在远方召集它的仪仗马队。而我钟情的你,你在这里。我的心灵和肉体摆脱了死亡,你要保护它们,为它们操心……

"百叶窗放下了,灯光熄灭了,木板房屋像三层划桨战船一样破浪航行。在轻薄的挡雨木板下面,钉着一溜橡子,就像一排平列的准备划动的木桨。飞驰吧!飞驰!顺着我们乳白色的板条……微风清凉入帘子,吐出一个比安喀塞斯①更纯洁的名字;于是房屋在它稻草的隔墙里松了一口气……外来味太重的灵魂的爱好啊,告诉我们你走哪条路,你亲自朝东方发动哪条幸运的三层划桨战船。难道谁无船在海上航行谁便在我们身上旅行?生活会无了无终?但愿每人在死亡前都曾经爱过!

"我们这些在无桨无檐的床上漂洋过海的人,知道可返回事物的进程,也清楚它漫无尽头。爱和海以及条条海路……低照的月华注满灯盏,洒满盐场。我看见那卖牡蛎女人的锋利剖刀割进我们窗帘……抑或,这是栖息在棕榈树林里,用它一窝窝蓝冰来清凉夏夜的贝律星②。于是,赤脚踏在木廊和门前石板上……我

---

① 希腊神话中的特格亚王,与爱与美神阿芙洛狄忒相爱,生埃涅阿斯。
② 贝律星,所指不详。贝律(Bélus)既可指一位高卢的神,也可指一位亚述国王。

看见原始的夜晚和它真实珍珠的湛蓝拉开了纱幕。

"陆地从其黑色的麂皮下到低潮线。大海赤脚在沙地上离去。镶金边的大陆在它们的光环里旅行。变大的岛屿向沙滩的纪念章存放柜出让它那畜皮或光木的平面大硬币;而那些长角果荚微微裂开,像一只船壳,果实已经掉落,空余下白色的干果膜,如同桨手的座席。漂泊的种子登上陆地,便把自己掩埋。以后那里会长出一些树木,用于制作高级木器。

"哦,居所,哦,横隔在万物之海和我之间的腮……我们在这个世界的潜流暗涌中间,如在被淹没森林迟迟开花的树梢上头恋爱。可这整个不可知的世界究竟是什么呢?……这一夜,星辰倍增,在水上膨胀。一些巨大的星宿宛如利剑,湿淋淋地从海里跃出,既无护手亦无剑柄;大海把古罗马斗兽者的刀剑向我们掷回。一些没带武器的部队在石头花园里散开,如同种族之间盛大节庆的结尾。幸运的征服者,沙滩上民族的媒人在那些节庆里其乐融融。

"天亮前将会下雨。黑夜撕破它的头带①。可是在

---

① 西方古代祭司头上扎的一种细带。

被鸟儿啄食的沙地上，谁也辨认不出上面的文字。门槛石用苍白的乔木图案，用预兆把自己遮盖。被神化的畜生在坛坛瓮瓮里醒来。命算了卜也占了，大海协调一致，官司打赢了。海雾包围了蓄水池口，被神污染的印渍在连接海沙的古老泥水工程里扩大。一块块高耸的白石被山羊舔舐。迁居的女人啊，苦难已经消逝！于是我爱，于是你在这里。只有在爱的航船上才更安全。

"……这是雨前风！你听见棕榈的小果子砸在屋顶上噼啪有声。有人将在我们的滴水石上收集它们，以装点白昼。而我也将指给你看，它们穿着角质或牙质的靴子，镶着指甲和鳞片，怎样像印度人那样缠着头巾……海风在浅水的岩礁上吹拂。棕榈酒在棕榈树身上流动。而这声音，是雨……不，是武器在棕榈树架上摆动的撞击声。是哪个伤病的灵魂，突然落入困境，被囚禁在我们以灯芯草为纬的草幔——像传说的那些亚洲大船的帆篷——上面？

"……雨落在平台和有棱的屋顶上：于是瓦片染成了畜角和肉豆蔻的颜色，染成了声音清亮如敲轻鼓如奏扬琴的岩石颜色。瓦坛子放在挡雨板下。坛肚幸运。海的骤雨泼到方砖墙面和门槛石上,泼进露天的大碗和努比亚女人外面上釉的瓦钵。恋女里面以其恋女的黑夜洗濯自身。先洗髋部,再洗胸脯,再洗脸,洗腿,一直洗到腹股沟,洗到股腹沟的褶皱。星星也将在其中洗浴。它最后来,迟迟洗完。

"……下过雨后便是黎明。月华染上明矾的色彩。东边的天际已是一片野鸭的斑斓。欢迎你呀,每一份优美!在海上,夏日的黎明是脱光衣衫踩在脚下的恋女的第一步。这出生于女人的女人躯体传自大海,而且是通过女人们……而为夜晚保管其出产于海的珍珠的女人,仍将与珊瑚时代结亲……也许并不曾下雨:雨丝啊,你的降临竟是这般轻柔……可谁又怀疑沙滩上这种符号的细线,不像年轻母亲腹上的细细胎纹?

*

"早晨如妻子一样被洗抹。而色彩被还给世界:拉皮条的和做母亲的女人!海在这里,它不再是梦幻。向它欢呼吧!一如向正午的海,在开花的胡椒树后给它的幼狮洗身的海欢呼……我知道有一群小水母,或像卵巢,或像子宫,已经占满了曙光初照的小海湾。而海的葡萄已被夜间的小啮齿动物光顾。气味芳香的参天大树变成朝向大海的恩典。所有的寄生虫在环礁湖的舌头上被梳刷。大海把它圆滚滚的白珊瑚少妇一直推送到我们面前。唯有寻找龙涎香的人,骑着他们迈着侧对步的马,跑遍焕然一新的长滩。捡鹌鹑的人弯腰探视岩洞,钻进海滨的窟窿。

"有人也为圣堂周围和避难场所,捡那些被称作波塞冬妮的床上用的小干藻。拣择小扁豆的女人,戴着长舌的叶冠,傍着石头台阶,坐在柜台状的岩石前端。在岛屿的尖顶,栖停着一只只燕鸥,它们与蛎鹬—喜鹊交往。幸福的磁针把它笨重的实心金箭安在被淹的沙滩。一条蓝鱼,周身原是金银匠那种蓝色,变成伟大的游牧民喜爱的孔雀石绿色,在自由的水里独自游弋,宛如祭献的船舶……

"欢迎啊!欢迎!我们每一位来宾——啊,同父异母的兄弟!……愿同一株棕榈树荫及众人……而我钟爱的你啊,你在此地。愿水的平静与我们同在!……还有为了恋女,向光天化日的检查敞开的睡眠……

"只在恋女的睡眠里才有更大的安全。"

*

2

"……孤独啊,男人的心!在我左肩上睡着的女人,她清楚整个梦幻的深渊么?男人光天化日下的孤独和黑暗……可是对恋女来说源泉也是隐秘的——海底翻动着些许沙砾与黄金的泉源就是这样……

"情欲啊,你走开点,让我也来认识这裸露的女人额头。女人在男人的嗅觉下温柔,在思想的爪子下驯良……啊,外来味太重的灵魂的爱好啊,你将告诉我们你沿哪线的海岸而行?还有,宠爱啊,你是否需要女人那柔软的颈项,直到来到我们身边?

"在我的呼吸中流出去,并朝我的脸发出这道清脆稚嫩嘘声的女人,给我展示她妩媚的航迹。并且,从她十分温顺的芒唇,到她那提婆①的额头,比女人更裸露的她,献出她如众多卫星背面一样不可目睹的容颜。

---

① 提婆(dêva),印度神话中的天神。

"哦，在所有可以目睹的秀美脸蛋中，最美的那张被人紧盯不舍……那柔嫩的蛋形含着那么多雅丽。在那上面，是什么别的更为久远的优美，在我们看来比女人更属于女人？既然得到其他的恩惠，我们可会从女人那儿得到爱这份恩宠？

"恋女身上是童贞女的滋味，妻子身上是恋女的宠爱，而你，夫人额际的芳香，哦，被人吮吸芳香和精华而娶走的女人，闻过你的嘴唇不会散发死亡的气息……哦，优雅，你比囚禁在真空管里的玫瑰更难变质。

"由于你，金子在果实中发亮，不死的肉体给我们显示它粉红的藏红花心；由于你，夜里的水在法老的大棕榈树洁白无瑕的壳上，在它们剥去皮后极清洁光滑的树干上，保留灵魂的存在和滋味。

*

"……哦，你在睡眠里离去，抛弃了你必死的部分，

"你是我东方的希望，你将留在海上，你是我帆上和梦的羔皮上的怪物，你和横桁一起，在淡红的天

穹摇摆。或干脆,你就是帆本身,帆的职责,和纯粹的帆的概念——精神在帆的平面和受力面上十分贞洁的思辨……

"你是我早晨的将临,白昼的更新,你是我大海的清凉,宝瓶宫乳液下黎明的清新。当沙滩的水泊映出第一缕玫红的云霞,早晨的绿星,被授予采邑的白昼公主赤脚步下天庭的碧阶,来给海的卷曲额纹施舍童年……

"你是我清醒之水的透明和梦幻的先兆,你就是泉源的看不见之物,而不是它的涌出,你就是那火焰的看不见之物,它的本质,在极纯洁无冒犯的地方。在那里火焰微弱的心是一枚温和的戒指……

"你是食花瓣的女人,是沙滩的孤挺花躯体。你在恋人的掌心舔尝了盐味,但你用你稻田的谷米把他滋养。你是异国土地上的甘甜果实;是在蛮族那里采集的谷穗,是为归程点播在荒凉海岸上的种子……

"哦,在奔跑中被捉住,可在我们怀抱里却像泉源的夜一样流淌的女人,是谁在我身上顺你软弱的江河而下？你是我的江河，我的大海，还是海中的江河？你是我奔流不息的大海，是同一人绝不能两次涉足的大海吗？……

"属于恋女单纯快乐的曲线是幸福的。

*

"……伏在我左肩，拥满我手臂的小海湾的女人，像喷香、绵软、未加捆扎的花束（据我的触觉，这段幸福时光的历史极为光滑），撑着右髋休息，脸埋在我身上的女人（一些大花瓶就是这样，在温柔的木支架和白毡底垫上旅行），

"在梦中对阴影的扩展发怒的女人（我张起船篷，遮挡海雾和夜露；帆被风推向碧清碧清的水域），

"她，比单身汉子心中的柔情更温柔的女人，是我的负担，但比装运的种种香料都轻。哦，女人——我怀抱的船上十分珍贵的种子，不腐的鱼卵……

*

"我屋顶上的时光脚步啊，请再轻一点，就像女

人赤脚踏在桥上。天空把它的乳液倒给大海。这仍是一个沐浴宝瓶宫乳液的黎明的温馨。

"我独自值夜,忧心忡忡:携有女人和女人那份甜蜜的人,恰如载运非洲小麦或贝蒂卡①葡萄酒的船舶,到了东方更要警惕,因为那正是易出意外的时刻。

"死亡这条蛆虫钻在床的木料里,钻在船的龙骨里。但爱更猛地敲打梦的壁板。而我,我听见夜幕在一只船头下撕裂。

"当六月的海在卧室里喘息——恋女在梦幻的连枷下直眨睫毛——白昼下起头一场骤雨。大海本身开满花朵。

"我知道,我见过:大海掺和着牧草和圣油,在它膨胀的紫黑大锦葵和它光芒闪烁的深渊口之间,摇晃着,涨挤着它幸运的蕨叶丝。

---

① 古罗马帝国行省名,在今西班牙境内。

"只一道十分顺畅的长浪便挤压完了,如同采葡萄女人只踏一脚便挤尽葡萄汁液。可是整个大海纵被挤压也是枉然:它瘪下去又涨起来。在生命——它顽强的乳房里,乳汁在缓缓地分泌……

"轻风在东方的新水上,吹起新生儿肌肤的皱纹。低月在沙丘上追逐远方童年的白水獭。而夜晚把它女人的纤手留在我们手中……

"在白昼仍酣睡不醒的女人,海的夜显现在她脸上——映出一个无脸的黎明的镜子。而我,我在她岸上值夜,为一颗柔情的星所折磨……我将倾心于

"非男人的话听不懂的女人。

*

"脱离你女人的夜晚,一直来到我身边的女旅客啊,是谁把你在渎神的手上唤醒,像未凋花的女儿被人抓着腋窝离开母体的泡沫?在白日你又是我别的什么人?这生命的变黑,难道是它的外表?

"你诞生,我窥视……你的手臂搁在腹部,躺在

胸脯的盾牌下酣睡。你面含微笑。为了防灾免祸,你被托付到我的双手,就像被安排漂洋过海的大家闺秀——此刻,你已醒来,额上刻着神圣的皱纹;然而还有什么先兆把它的秋水仙大道一直开到你面前?

"不安的心上人啊,休息吧。既无威胁也无危险。我相信你的软弱,我在你的优美上妥协。爱的王权最终被用来抵拒怀疑和诡辩。难道你不属于能听懂海的声音的女人?'任何女人都别在我的水面照她的担心!'

"外面,天空用它的盐腮吸取新鲜空气。夏夜折叠起它的帆,藏起它装上翅膀的小艇。月亮在锦葵酒中平静。而倒卧在灯芯草席上的女佣,把天上那些被其他星辰遮掩的巨大哑角留宿在海湾底下。

"黎明在跟随铁铺的脚步;远处,城市及全城民众眼圈泛黑如同死人。船舶在锚地打转。辘轳放松了前港的链条。斜桁的提灯熄灭在下流的酒吧。

"愿你受到热烈欢迎,来访的第一道长浪啊,你撼动港湾里的船体,摇摆码头里处的桅林如同箭袋里的箭镞。暴死者携着水的风信子下到河口。儿童及其黄狗离家出走。而伊阿宋①的海在远方喂养它的食肉植物……

"爱，光天化日审查下收回的恩惠……光明啊，别让我放弃这份爱的优待，它像鼓帆的风……船舶窄小，我们的眠床窄小。因为夜间，被爱的托被架②框罩了那么久，白天我们也得保持躯体和迟迟不放松的臂膀的弯曲，

"就像长久坚守舱底的人有时的情形？……"

---

① 希腊神话中的忒萨利亚王子，为夺回被叔父篡夺的王位，历尽艰险远渡重洋取来金羊毛。
② 一种治疗设备，放在病床上保护骨折肢体的架子。

VI

1

"……稍前于黎明和白日的利剑,当海的露水在大理石和青铜上涂抹,当远方兵营和狗吠让玫瑰撒遍城市,我看见了你。你在值夜,于是我佯装睡眠。

"谁总是在身上神不守舍,哪怕在白昼?还有你的住所,究竟在何方?……明日,你会丢下我去异乡的海上?远离我,谁是你的主人?或者,哪位不声不响的引水员,会从不能泊靠的海那边,独自登上你的船?

"我看见你在我的髋骨外变大,像是俯身悬崖边的信号员。你不知,也不曾见到你游隼的面孔。你脸上雕凿的鸟可会戳穿恋人的假面?

"新主人,你究竟是谁?要走向与我无关的何处?你在哪条灵魂的船上站立,是像蛮族的王子跨在征鞍,还是像那另一位,混在女儿队里,闻着武器的酸味?

"怎样去爱,以女人之爱去爱谁也不能打动的人?而且,这份爱他是否懂得?因为他只会凭额头的奇迹,观察他撩发的女人那独一无二的幸福……

"此刻,起风了,竞技的梭子蟹已经在波翻浪滚的水上飞奔。全副武装的海总是发号施令!……不酝酿行动的爱就不那么伟大?——爱啊,爱,只有在遭到背弃的时候,它才那么伟大……

"鹰这一夜不在军队。沙砾下门槛石下武器在颤抖……而在你门口,老是那一道嘶鸣的波浪,用一样的动作,靠它耸得高高的两角,呈现昂奋的马衔那同一副影子!

"此外关于海,你了解吗?我们有时冒出生存的深重忧虑。于是不安潜伏在女人的心里,宛如沙滩的角蝰……心灵的杓鹬,恋女的担忧,只在恋女睡眠时,才有更大的危险。

"有人夜间跨过我身体的沙丘,光着头去平台盘问皮肤泛红身强力壮如海上航行信号灯的火星。我说他没有女人的礼貌和细心……

*

"……孤独啊,男人的心!你怀有的大海比梦幻更含营养?大理石的夜向忧愁敞开它的坛子。而在你紧闭的心房,我看见无女人看管的灯盏在奔走。

"你在哪儿?梦幻发问。可是你,你没有回答:你像一位舰长的儿子,为了征服大海,在荒凉的海岸上盖了房子,——而且门窗全打开,连床都朝着碧波万顷,却被剥夺上船的机会,只好强压痛苦。

"你在哪儿?梦幻发问。而你,你已经远远地见过,还在远远地看着那条移动的乱嚷乱叫的线:远处的大海激情动荡,像一支无人指挥的充满预言家的军队……可我,关于那些直达你的道路,我还知道些什么?

"别做我默默无言、外出不归的狠心主人。哦，远离家门的多情面孔……你在哪个远得我无法到场的地方战斗？为的是哪桩不属于我的事业？用的是哪些我不曾擦洗的武器？

"我担惊受怕，可你却不在这儿。妻子孑然一身，遭受惊吓，恋女受人讥笑，你的密使你的卫士在哪儿？妻子遭受别离，还要再被抛弃？……谁用海来实行包围？海岸防御线上显现阴谋。你勾结了内应。是谁把异乡女人领进了要塞？——海就在这儿，虽然它没有通名报姓。它包围了房子。围攻已近尾声。人群在各间卧室。妻子再也不能免遭拥挤……可在我们的门口，既没有乳娘，也没有祖母，人家让进来的，是一个女魔法师——就是人们让从厨房和卖牡蛎妇人居住的街区走上来的女人。让她在卧室切开腕静脉自杀。别让她靠近你的床！通奸的海，女魔法师的海。她在那儿向你撩开她的绿裙，并要我喝她绿色的饮料。两个同谋，于是我们沉溺在她色萨利①女人的碧眼中，——那是给恋女的恐吓和耻辱……

---

① 希腊地区名。

"助人为乐的诸神啊,陆地上的诸神啊,你们不站在恋女一边反对大海?……而你,并不残酷的男人心,你也希望苍天宽恕你的武力!

*

"……我曾见过你在我女人的温柔中睡觉,宛若一个滚着狭窄羊皮的游牧人。但愿你记起,我的恋人哟,所有那些朝海敞开的香巢。我们曾在那里相爱。

"我们的床被拆毁,我们的心毫无遮护。请想一想那雷雨和浪潮的搏动,它就是我们寻求爱情告白时的热血;想一想天亮前,我们送进海里的所有燃尽的星星,那时我们赤脚在爱神木间穿行,如同双手沾满古代行吟诗人鲜血的神圣凶手;想一想我们从海岬高处,往贼鸥群抛掷的那么多疲惫不堪的月亮。

"爱也是战斗!我举出死亡作证明,因为只有它与爱情相抵触。我们的额上点缀着活人的红盐!朋友啊!别往城市那边走,有朝一日老头们在那里给您编织王冠的草绳。光荣和权力只建立在人心的高度。荒漠的爱情比帝国的崩溃要耗用更多的大红。

"也别在变幻不定的海上离我远去。不论是海,还是时辰和战斗,都没有女人(你的仆人)不能在其中生活。然而女人在男人身上,海在男人身上,远离死亡的爱在整个海上航行。可是我们,对令我们结合的力量,我们又了解什么?我的翅膀夹在你的翅膀里,你听它在拍打——尚未断奶的雌雕在呼唤雄性的白尾海雕!

"我怕,我冷。和我偎在一起,抵御寒冷的夜晚——一如在帝王们的山丘,面向大海,被教士绑在其穿孔的黑石柱上,以举行冬至仪式的红星……把我搂紧一点,以抵挡怀疑和死亡的衰落。统治者,望着我,望着眉心那高贵的地方,敏捷的画笔把加冕礼的鲜红点在上面。

"神成了副手!信仰被亵渎!……别走开。待在这里!但愿谁也不要在你身上想入非非,迷失自我!向右侧身躺着,无眠的女人,她的无眠是凡人的无眠,听到各路神仙的大笑,仍将起来偎在男人身边。那笑声把我们与水的放荡连在一起……于是我向无声的诸神祈祷:但愿有朝一日同一条海的纤路,把我们引到同一条梦的纤路,引到同一种死亡的纤路!

"只有在爱的航船上,才有更伟大更崇高的战斗。"

*

2

"……武器在黎明的凹底折断——哦,荣耀!哦,忧愁!——还有远处没有被选资格的海……一个男人曾看见穷人们一个个手捧金盆。而我顺着人类的狭窄海岸,在同一个梦境游荡。

"不要害怕。既无背信弃义之徒,也无假发誓言之人。载负女人的船不是男人抛弃的船。这是我向海神的祈祷:诸神啊,请守护男人心那十分贞洁的宝剑,因为它与女人相交。

"女友啊,我们的种族强大。我们之间的海不会划出界线……我们将咬着铜线,在浓香四溢的海上扬帆。爱在海上,最葱茏的葡萄园在海上。诸神朝葡萄青果跑来。碧眼的公牛驮着陆地最美的姑娘。

"我将在其中洗涤我游牧人的衣衫,还有这颗充塞太满的男人心。在这里时辰对于我们正如人们所祈求的那样：像上船时没有女仆陪护大家闺秀——仪态大方，气质高雅，贞洁美丽，心灵充满热情！

"恋人们，我们既不是耕田的农夫，亦不是收获季节的雇工。在我们看来，无人驾驭和驱使的高贵自由之波是属于我们的，与任何人无关，我们也不欠任何人的情。在那崭新的水上，那生活的全部新奇，生存的所有新鲜都是为我们准备的……诸神啊，你们虽在夜间窥见我们裸露的面孔，可是你们不曾看见我们涂脂抹粉的脸和我们的假面！

*

"倘若我们起走我们薄薄的板条，一个完整的戏剧世纪将挂上它的新幔。某个人终于让人听懂了他的意思！是白毛种马的哪声嘶鸣，随着微风，在水的连衫裙上引来恋女的这阵强烈颤栗？

"我们将下到半封闭的小海湾。早晨，人们在那里给兴奋的幼畜洗澡。它们一身黏乎乎的，仍带着产道黏液。起锚前，我们双双在天蓝与金色作底的清冽浅水里游泳。我们的影子朝那里奔去，在同一条梦的纤路上结合在一起。

"起风了。你快一点。帆篷已经鼓满。荣誉挂在张张帆布上；水上的焦躁宛如血液的激动。微风把它碧水的游蛇引向湛蓝的远海。而驾驶员在淡紫色夜晚——青痕与瘀斑的颜色——的巨大斑点之间认出自己的航道。

"……女友们啊，在我们恋人的床上，我曾是那么向往大海！可那闯入的女人那么久地在我们门口拖曳她异乡女人的连衣裙，好像裙裾被压在门下边……啊！愿全世界只翻滚一道波浪，愿同一道波浪把你们，你们所有人，每个等级的妻子女儿，每个家族已故与活着的女人集结在一起！

*

"……于是海从四面八方，从人的高度，向我们涌来，推送着，抬举着大群挤紧着、活像千百个新娘脑袋的年轻波浪……'玫瑰，'传说说，'从诱拐者手上取火的玫瑰啊，那与我一起通过港口阶梯上生石灰门的女人，你们羡慕吗？'

"女人啊,这具肉体是用我们最好的种子,最美的果实造就的。大地的黑盐仍在给他黏结的睫毛扑粉。薰衣草醋剂,枸橼果皮汁在海上将清楚地告诉我们她的绿盐灵魂。桥上的爱穿上了红皮凉鞋……"埃亚——船上的母山羊——会把乳汁供给你们……而猴子把你们的珍珠挂上了桅杆……"

"——必死的女人?啊,在危难中更得到爱的女人!……你不知道,你不知道,掌管生、死和命运的帕尔卡女神啊,那妇人平静额头上的第一道涟漪,对深藏不露的男人心所具的价值。'请收好,'故事里的男人说,'不死的仙女啊,请收好你不朽的提议。你的岛不是我的岛,因为在这里树长青不凋;你的床不使我冲动,因为人睡在上面不用正视他的命运。'

"我更喜欢人类的床,因为它得到死亡的光临!……我哪怕走尽凡人的道路——海难和种种不幸——也要使在我帆下避难的女人免遭毒刺侵袭。不能永存的手啊,神圣的手!你们还我以战胜的尊严。心中有爱,那冒险和自负的死亡去哪儿,我就去哪儿。哦,恋人们自在的欢笑和上等生活的傲慢,宛如在无法察觉瞬息即逝的海上,那光荣的强烈战栗。在那战栗里,帆船收起风帆,破浪前进!……

*

"……海上风平浪静。洁净的水面荡起两道洁净的涟漪——恋女在水上的大善行。以心灵培养白日的清白,把甘甜的碗捧给贫穷的女人,心怀其爱如同光天化日灯火不熄的女人;在我身上说出真理,又将把我从柏柏尔人①手中赎回的女人;那个能干胜于温娴的女人,劝我行事作人胜于女人的女人。我们之间的海高高地抬起活人的等级。

"船舶窄小,我们的寝床窄小。爱的心灵啊,整个爱的亲密产生于你,而不安的心灵,整个爱的彼世从你而来。你听见迁徙的鸟群发出比海更高的鸣叫。而你,新的力量,比爱更高贵的激情,你给我们敞开什么别的无需使用船只的海呢?(如我有一日在岛间所见,大群急急迁徙的蜜蜂,穿过航道,一时间停在高高的桅杆上,寻找其栖息之所……)

"了不起的隐秘的恋人啊,沉默寡言的恋人啊,

---

① 居住在西北非洲的民族,尤其是在利比亚、突尼斯、摩洛哥与阿尔及利亚。

你们这些未被任何睡眠玷污的人,却被海任意支配!……世界奔向其地层的更新——哲人们在船首被撕裂,闪电的种子撒遍所有顶峰,而戏剧演绎快乐的蓬头乱发是无错的。梦幻被称为现实,它那年深日久的海,它那把联姻带往远方的帝国大路,和它把揭露带向远方的不恭敬的大法是属于我们的;大挥霍的表面,未来的巨大蜂窝是属于我们的;后者比荒漠布满偶像的绝壁具有更多的蜂房。我们的期待不再落空,祭品出自女人!……

"恋人们啊,恋人们!与我们同等的人在哪儿?我们面对黑夜,向前走,肩头停着一颗宛若帝王之鹰的星辰!我们身后是渐次变宽但仍在我们船尾吮乳的航迹。这是逐渐消逝的记忆,这是神圣的道路。我们仍转向渐渐后退的陆地,转向它那一大堆栏杆圆柱。哦,陆地,我们向它大声宣布,我们不大相信它的习俗和舒适;对海上的我们来说,不存在使用者手上的尘土或灰烬。

"我们没担任任何职务,也未被委派任何差使——既不是亲王也不是帝国的副执政官,在半岛尽头,陪伴王家之星就寝;我们只是些孤单的自由的人,既无担保人也无保证物,没有作证见证的份……每晚,一艘金色的三桅战船朝那壮丽的海沟航行。在那里,有人把历史的残骸和历代油漆的餐具倒入遗忘之川。诸神赤身裸体去干活。大海燃起无数火把,为我们举起黑鱼鳞片似的新的辉煌。

"恋人们啊,恋人们!谁知道我们的路途?……他们会对城市说:'叫人去找他们吧!他们迷路了!而他们的缺席是我们的损失。'可我们说:'恶习究竟在何处?诸神在黑魆魆的水上迷花了眼。海上的迷路者是幸运的!也让人说一说海吧:迷路的女人是幸运的!……全世界翻滚着同一道波浪。我们中间翻滚着同一道波浪。它举起、扭动着钟情于它的力量的水蛇……这强有力的搏动,来自神的脚跟,它无所不及……爱与海来自同一张床,爱与海共栖一床……'

"敬礼,向神的真实敬礼!把海上的漫长回忆献给大群武装的恋人!"

VII

冬天来临，海在追逐猎物，黑夜上溯到喇叭形的河口，祭礼的帆船在圣殿的穹顶摇摆。东方的骑士骑着狼皮毛色的骏马出现。装载着苦草的马车在地头耸起。岸上的小水獭光顾躺在干坞的船舶。由海上来的异乡人将向领主纳贡。

女友哟，我见到我们的眼睛被海划上了一道道波纹，就像那埃及女人的眼睛。游艇从门廊下拖出，经过两旁摆着法螺和蛾螺的小径；东一块西一块的台地，被姗姗来迟的沙地小百合侵入。雷雨系紧了它的黑袍，天空抛锚行猎。海岬上的高大住宅是用厚木板支撑的。有人把小矮雀的笼子收进屋。

*

冬天来了，海退远了，陆地向我们袒露它的髋骨。人们在铸铁大盆里燃起松脂和柏油。都市啊，在库柏勒①的门上刻上舟徽的时候到了。在双角铁砧上颂扬铁的时候也到了。海在人的天空中,在屋顶的迁移里。绳缆匠在港口的壕沟里倒退着行走,无船的驾驶员支肘在小酒店的餐桌上,地理学家在打听沿海的道路。而异乡人的行政官会不会告诉你恋人们的住所?

哦,仍然做你的梦吧,但要说真话。交付的漂木经过城门。家家主人为自己准备食盐。名门世家的闺女在壁炉前换内衣。黄黄的火苗像关在铁笼里的海上猛禽,无力地拍打一只翅膀。卧室里,有人在铁锹上焚烧一片片有纹的树皮。海上的交易把它的货币注入家庭银行的流通。拉车的牲口闻着喷泉的青铜艺术品——房间里响着合金的铃声,装了栅栏的门后挂着算盘和计数器——这就是一个小艇或女靴形状上有题铭的纹章图案……历史和年代纪事在货币的证明下闪闪发光。

*

冬天来了,苍蝇死亡,从道具箱里抽出大段印着鲜红图案的绿色织物。给死人穿衣的女人和配角一起受雇于剧院。而散发着茅厕气味的海仍住在旧墙角落。人群中混杂着尸骨,在九月法螺的喧闹声中行

---

① 希腊神话中的众神与万物之母,是力量再生的象征。

走……女友啊,是哪一片不同的海潜入我们身上,并用铁筷子属植物围住它的玫瑰?夏日的黄斑会在女人脸上消褪?现在触到了事物的实质:小巷里盲人的鼓,穷人沿着行走的墙上的灰尘。人群是虚浮的,时光是空幻的,可是无船的人朝它走去。

哦,仍然做你的梦吧,但要说真话。冬天来了,星辰变得强壮。城市五光十色,闪烁生辉。夜是人类的激情。在庭院深处,人们大声说话。卧室里摆放着种种形状的灯盏,火炬在铁环里发出热切的光芒。女人们用淡淡的珊瑚红化夜妆。她们被海划上波纹的眼睛透出醉意。而在卧室宽衣解带,露出金膝间躯体的女人,把轻轻的呻吟发向夜空。那是漫长夏日的回忆,漫长夏日的海。——在恋人们紧闭的门口,钉上航船的雕像!

*

……全世界翻滚着同一道波浪。城市翻滚着同一道波浪……恋人们啊,海跟随我们来了!死亡并不存在!诸神在中途停靠港呼唤我们……于是我们从床底抽出我们家族最大的面具。

合　唱

巴力之海，马蒙之海……

1

"巴力之海,马蒙之海①——各种年龄各个姓氏的海,

"啊,既无年龄也无理性的海,啊,不慌不忙没有季节的海,

"巴力之海,达贡②之海——我们梦幻的第一个面孔,

"哦,永久希望的海,超过任何希望的海,

"在我们的诗歌之前的海——不知未来的海,

"海啊,悠悠岁月的回忆,好像患有癫狂,

"把极其高傲的目光投向万物的空间,投向生命

---

① 巴力(Baal)是古代近东许多民族特别是迦南人崇奉的司生殖化育之神,为众神之王;马蒙(Mammon)是叙利亚神话中掌管财富的神。
② 《圣经》中菲利士人的主神,先前是鱼神,后成为农业之神。

的过程，投向它的节奏！……

*

"智慧！我们乞灵于你，我们在誓言中提到你。

"啊，无与伦比高出一筹的伟大，啊，伟大种姓的伟大者，高贵阶层的高贵人，

"你的种族，你的地方和你的法律归你；你的民族，你的精英和你的群众归你，

"既无摄政亦无监护的海，既无仲裁人亦无顾问，因而听不到授爵封地的争吵的海：

"你生来享有爵号，充满特权，你享有你的衔头握着你的皇权，安心地穿着你的皇袍，向远方谈论伟大，

"并作为帝国的优待和公有的恩惠，向远方分发你高贵的生存方式。

*

"当同样的无理性因我们而被梦见的时候，我们睡着了吗？而你，存在，你也睡着了吗？

"伟大的桌子，我们走近你，心为人的狭隘所压抑。

"非得要叫喊吗？非得要创造吗？——在这瞬间

谁来创造我们？难道唯有创造才能抵抗死亡本身？

"我们选择了你，伟大的位置，非凡的出身！光荣和成长的竞技场，观众喝采的地方！

"可是，请告诉我们，这种无反悔的联姻，这种不上诉的审理，究竟是什么？

"不如在你海的周围焚烧百名头戴金冠的麻疯国王。

"那是光荣的花台，贫穷的基座，和无可救药的人的傲慢。

*

"权力啊，通往你的光荣的路程一无阻碍！先前的封建君主啊！……裁判区阔大无边，司法权完好无缺；

"可是，在你的活力里乞讨自由和使用权，我们已经感到厌倦。

"哦，没有警戒没有围墙的海，哦，没有葡萄园没有耕地的海，伟人们的深红影子在里面扩展！

"像猴头犬那样由黏土和忧愁杂交的神，坐在你的石头边缘。

"在每一道被暴雨冲刷成的沟坡，在每一道色如干粪的被焙烤的斜坡，

"我们曾梦见你；最后一次开庭，我们曾为你梦想一次更高级的庭审：

"陆地上最高的山岭，远远地一浪接一浪，聚集在一起，好像被授予神职的大哲人那神圣的近邻同盟——整片陆地缄默不语，穿着教务会的袍子，出席会议，在白石的半圆梯形会议厅就座。……"

2

和那些离去时把凉鞋脱在沙滩上的人一起,和那些默默无言,把一去不返的梦幻之路为自己敞开的人一起,

我们有一天身穿节日盛装走向你,海啊,冬至夏至的纯洁,无忧无虑的欢迎,于是我们很快就不知道在哪儿停步……

或许这是你门前的轻烟,它从你身上升到我们体内,如同星星发红时紫木樽里神圣的酒精?

我们围住你,辉煌!我们将寄生于你,诸神的蜂箱。哦,成千上万浪花的房间,罪过在里面衰竭。——和我们在一起吧,库迈的笑声和以弗所[①]人的最后叫喊!……

这样,征服者戴着战争的羽饰,来到圣殿的最后

---

① 库迈是意大利古城,可能是希腊人在西方最早开拓的殖民地。以弗所是古希腊城市,公元262年遭哥特人入侵,毁于兵燹。

一些门口:"我将住禁室,我将在里面散步……"死人的膏油啊,你们不是这些地方的肥料!

而你,我们门口壮丽的熔岩,向三重戏剧开放的海:忧虑和轻罪的海,欢乐和辉煌的海;还有那战斗的海,你将帮助我们反抗人类的黑夜!

*

忧虑和轻罪的海——这就是:

我们终于跨过门槛的肥大蛆虫;神奇的传说啊,我们不光梦见你,我们还挤榨你!……水下的林中空地出没着无脸的星宿;灵魂比精灵更敏捷地在里面移动。啊,难以言表的殷勤的海,整个欢乐的海!你也是给我们的宽恕。你运动,我们也在你身上运动,我们干尽了冒犯与违法之事。

我们不曾啃咬那非洲的生柠檬,也不曾观看裹住蜉蝣翅翼的清亮的琥珀化石,而是在肌肤不再是肌肤,火不再是火的地方生活,而且脱了衣服——就在光辉四射的汁液和万分珍贵的精液上:在这曙青色黎明的边际,像一片孤独而宽大的叶子,饱浸着晨曦,光灿灿的……

恢复的统一，复原的存在！海啊，光明的机构，大太阴月的躯体。正是光明为我们制造养料，使生命的最主要部分显露，如利剑抽出红丝鞘：生命被突然发现于它的本质，神本身在神圣的棕榈林深处，在他最圣洁的圣体中被食用……君王在他光荣的驿站巡幸！愿主人终于和他的共餐者一起入席！……

同盟已告终结，勾结却是无懈可击。我们来到你光荣的民众之中，如同扎入梦幻心中的尖刺。应该呐喊，还是应该称颂？此刻究竟是谁失去——抑或赢得——我们？……因为盲目，我们唱赞歌。我们向你祈祷，被不朽的恩惠拜访的死神。诸神啊，我们的语句想以得到特赦的嘴唇的翕动，在歌中表达梦中不能用动作表达的意思。

在浪花和碧波之中，如同在数学着火的林中空地，当我们走近的时候，有一些比传说中动物的脖颈更易受惊的真理。于是我们在那儿忽然不知所措。是你吗，记忆？海还留在你的印象里？你还要走下去，你报出自己的姓名。可是海呀，我们仍然念着你的名字，虽然我们不再有名有姓……我们以后还能梦见你,可在这瞬息之间,只能念念你的名字……

*

欢乐和辉煌的海——这就是:

共有之神统治着他的诸省。海欢乐地进入了爱的火炭场……啊,在永恒的东方那光辉灿烂的草地吃金色罂粟的海,吃锦葵和油炸糖糕的海!在勤奋的沙滩上冲洗金色的女人,在港湾白胶泥中稀释的女预言家!……是你,你走了,去获取光荣。啊,在陆地每个岬角冲洗陵墓的女人,啊,在竞技场每道门口高举火炬的女人!

咀嚼骨骸和树皮的老者站起身,露出满口黑牙,赶在天亮前向你致意。我们在那儿,在棕榈之间,看见用你夜的作品装饰的黎明。而你本人,在清晨涂满黑漆,活像孕育着神而被禁止嫁人的童贞女。不过到了中午,你被金色激怒,就像神披上马披的坐骑,谁也别想骑它、套它——笨拙的畜生挂上豪华的鞍褥,佩戴金银珠宝,迈着匀称的步伐,在日光下摇动它那画面动人的高浮雕和它那镶金嵌银的巨大勋章;

或者，驮着观察塔，戴着大块古铜的战争护身符，可怕的畜生蜷缩起腿蹄，在它荣誉的盾牌之间休息。它套车的挂钩上，像挂着一堆肠子海藻，满满当当地挂着它甲胄的青铜链环和转环勾，以及它的精美武器。在它巨大的皮罩衣袖窿搭角处，这些铁器已经磨损；

或者更好，就在我们之中，温驯的畜生一身漆黑，毫无披挂，被人用新鲜黏土和纯赭石绘出大块图案，只在黑圣石到红宝物之间传递权杖；它在人群的泥坑里显得粗笨、迟钝，像是还愿的物品，然而在并不厌烦的人群中，它独自跳舞，为它的神施加影响……

*

战斗的海——这就是：

我们在里面寻找我们的长枪，我们的军队，寻求我们内心渴求成功的阵阵冲动……海哦，不倦地充血的海，必然回流的海！你是蛮族的暴力，你是太平盛世的纷乱，你身披甲胄，奔腾不息，比爱情冲动时更活跃，更强大。哦，你奔涌时灵活自由，勇猛无比！让我们用呐喊来回答你的狂喜吧，我们看台的好斗之海，对于我们，你将是竞技场的竞技之海！

你的意愿在权杖上,在神的癖好里,但你的乐趣在礁顶,在闪电的频率里,在利剑的使用上。我们曾见你,暴烈的海,醉醺醺的海,在你的沥青大玫瑰和发亮的石油流中,把你的巨龟那被金色渲染的笨石,像刻着六面淫文的神圣石磨,滚向你夜的嘴巴;

而你本身在你排列有序的鳞片和巨大的榫槽里运动。身披甲胄、奔腾不息的海、灵活有力的海——哦,厚实而完整的海——你的表层卷曲、闪光,好像自豪地鼓起,被你的战士高高抛起的拍岸惊涛锤打。哦,基础厚实的海,你被最为浩荡的队伍举起——哦,胜利和并合——亦被同样的潮水承载——你涨起来,升高,直达你黄金的顶点,如同青铜板上守护的神楯……

在战笛声中被拆毁的堡垒填不满一个更大的场所以使死者复活!在调解的梦幻那碘和黑盐的光芒下,梦想者可怕的链环圈住了永久恐惧的瞬间:禁地铺铁的大院,突然揭露的世界面目——我们再也辨不出的它的正面……在这可怕的搜寻中,在这光的吵骂中,从诗人那里发生了什么?——拿起武器吧,今晚有人会告诉你。

3

……意象不可胜数,格律应有尽有。可是时辰也刚刚把合唱团领入第一段歌词的反复咏唱。

合唱团迈着至高无上的颂歌步伐致谢。为海重新开始咏唱。

咏唱者仍然面向烟波浩渺的水面。他看见茫茫大海荡起千万条折痕,

宛如圣堂修女手捧的千褶百叠的神袍,

或者,像枯草稀疏的山坡上,渔家姑娘手上织补的村人共有的大海网。

而韵律的网在一眼复一眼地织就——大海本身在它的书页上,如同一曲神圣的宣叙调:

*

"……巴力之海,马蒙之海,各种年龄各个姓氏的海;啊,他乡的海,永久的海,你是更长白昼的希望,超过任何希望的希望,因为你是异乡女人的

希望；你拥有不可胜数的宣叙调，啊，无名的啰唆的海！

"在你起伏的身上我们起伏，我们跟你述说无法形容的海：它表层运动不居，而主体却依然故我岿然不动；它原则上本质上多种多样，谎言里说的是真实，启示中透露的却是背叛；它又在又不在，又老实又不安分——既在又不在，规矩又荒唐——放浪形骸！……

"哦，大海你是经久不息的闪光，被奇特的光辉照亮的面孔！你是提供给梦外的镜子，你是提供给海外的大海，犹如遥遥相配的单铙独钹！你是为神圣的入侵在陆地肋部洞开的伤口，你是我们黑夜的痛苦，白昼的辉煌——你是被爱洗濯的门槛石，是堕入泥尘的可怕场所！

"（啊，危险已迫在眉睫！大火被带向远方，如同被带往违拗不从的荒漠；爱被带向远方，如同被带给另一张床上未被召唤的妻妾……伟人的地方，伟大的时刻——倒数第二，接着倒数第一，还有现在这一位，她在闪电下无限持久！）

"哦，对立统一的海！哦，又分又合的完整的海！你是节制又是过分，你是暴烈又是温和；你是淫秽和猥亵中的纯洁——无政府的和合法的，违法的和同谋的，甚至荒唐的！……有什么，还有什么，无法预见的海？

"无形却又太实在，不受时效约束；不容置疑不可否认却又不能占为己有；不可居住却可经常来往；无法回忆却又值得纪念——有什么，还有什么，不可形容的海？难以把握又不能让与，无可指责也不应指责；还有现在这一位：哦，似冬至夏至的纯洁的海，如王室美酒的海！……

"啊！对我们而言，往昔一直在此，将来永远在此，为岸及其屈膝礼所尊敬的海：你是和解员，你是调停者，你是我们法律的创立者——文艺赞助人和乞丐的海，密使和商人的海。你还是人们所知道的海：得到我们书记室的帮助，坐在我们正在宣布用二行诗写的规则的教士和法官之间——还是海上联盟的创立者，联合各爱好和平民族的伟人，把小伙子领向他们彼岸妻子的牧人所诘问的海，

"你甚至是国境线上守候逃兵的战士和帝国边界的徽章雕刻者，荒漠门口商品入库经手人和贝壳货币的供应人，沙漠里在逃的弑君者，雪道上押送的被引渡者，矿场里背靠守门犬的奴隶看守，裹着烂皮袄的牧羊人和背着盐走在被引导的牲口中间的放牛人，去先知的橡树林中拾橡子的人，在森林里居住打制木桶木斗的人，为制艌柱寻找弯木的人，在落叶萧萧时节来到我们门口的大盲人，在院里梳头的陶器商，在黏土断面上滚过的圈圈黑浪，给教堂配置帷幔的人，在城墙下裁制船帆的人，还有你们，夜里藏在青铜门后面给此世最古老文献作注释的人，和伴着灯盏竖耳谛听各民族遥远喧哗及不朽语言的编年史家——他们如墓坑边给死者呼唤马车的人，持着大量官方证件在高地旅行的人，坐轿在麦海稻浪或荒唐国王铺了地砖的林苑赶路的人，夜间携带红珠，与十月一起在武器史回声隆隆的大路上漫步的人，胜利的人群中排行列队的上尉，闹事之晚在路碑上被选出的行政官，子午线大广场被举起的护民官，偎着恋人胸脯如在海难死者供桌前的恋女，被女魔法师的床从远处拴住的英雄，我们玫瑰丛中的异乡人（他在女主人蜜蜂园中被海声催眠）在梦中所见的海——时值中午——

清风徐来——哲学家在他的黏土船上睡眠,法官躺在刻有船首图像的石盖顶,大祭司坐在他们的船形凳子上……"

*

哦,希望,你难以描述!朝向你的是激动和苦恼!

民众拖着他们的锁链走向你海的唯一名字,畜生拉着它们的绳子走向你对牧草和苦涩植物的唯一喜爱,怕死的人仍在他涨潮的床上探问,晒堡田里迷路的骑士在马鞍上转身寻找你的住所,而你床的女儿那团团乌云朝着你的步伐在天空聚集。

去吧,启开喷泉闭塞的石头,泉水在那里沉思它们选定的赴海之路。也让人斩断绳索,挖掉基础和支轴!太多的岩石要停泊,太多的大树要拴住,它们都陶醉于万有引力,在你海的东方一动不动,宛如在挤奶的牲口。

抑或,火焰本身钻入果子、鱼鳞和焦痴越来越大的爆炸,并以它的火鞭驱赶疯狂的人群!海啊,一直赶到你的收容所,和你无梯级无栏杆的青铜祭坛!并且一下就把主子和女仆，阔佬和穷人，亲王和他的所有宾客，总督女儿和家养、野生的动物与动物肢体：野猪头、毛皮、兽角、兽蹄、野马和长着金角的母鹿关在一起……

（没人想到扛走家神和宅神，也没人想到背走瞎眼的祖父，种姓的缔造人。我们身后不是有趣的妻子，眼前却是夸张和淫荡。被驱赶的男人从一块石头到另一块石头，直到爬上最后的页岩或玄武岩的山嘴，俯临古代的大海，在深灰的世纪之光中，看见起着千道水淋淋崎突①的痉挛的巨大外阴，恍如瞬间裸露的神的下身。）

*

……朝着你河海协会内部共有的妻子，朝着你拥有丰富源泉和汹涌江河的放荡妻子，整个流水潺潺的陆地走下爱的峡谷：整个古代的大地，是无穷无尽地给予你的应答——而且是那么久远那么漫长的应答，是那么久远那么缓慢变化的应答——我们穿着节日的盛装和轻软的织物，和它同声呼喊，并配以大量增加

---

① 崎突（crete），亦有海脊、浪尖之意。

的人众，配以群众的踏步，好像合唱一、三段之后结尾的朗诵。人群啊！走向强大而壮阔的海的人群，从这种轻盈的舞步，从陶醉的大浪，引出驯服而庄严的陆地，又从陶醉的陆地……

涌流，啊，恩典！……帆篷在海峡入口吃力地鼓着，时而接近此岸，时而驶向彼岸，帆下的驾驶员从交替展现的两边岸上，看见两个种族的男男女女，连同他们起着花斑的牲口，活像天涯海角集中的人质和畜质——或者，看见一些牧人，像挥舞手杖的古代演员迈着大步，仍在山坡上行走。

在附近的海上，从海水收缩的耕地，驶来一座座宽大的暖房。更远些，在海峡出口，展现出异乡的海的身影。它不再是小包工头的海，而是最大星球的主要门槛，是最伟大时代的重要入口。在那里驾驶员被辞退——海啊！被禁锢的世界在我们梦幻另一面的洞口，宛如梦的超越，宛如人们不敢做的梦幻本身！……

4

——正是向她,我们说出我们男人的年纪;正是给她,我们献上赞美:

"……她就像加冕礼的宝石,去掉了包装;她与白绸垫子托着的利剑一般颜色。

"在她使人净化的纯洁里透出她优美的力线;她反映出变幻不定的天空,并以天空的图像确定方向。

"她是结盟的海,联合的海,它容纳所有的海,所有的新生。

"……她是最兴奋的海,她是笑声最朗的海;她在她翻开如庙宇宝石的巨书上,来到最陶醉者唇边:

"为数众多,成倍增加,不可胜数的海;管理其郡县,清点其帝国孜孜不倦的海!

"她不断扩展,却没有数字亦没有图形,如秘密仪式上提到的那种日头计数法,来到最陶醉者唇边。

"……间隔宽大的海,大段空白的海,空虚王国和无地籍省份在里面停工的海,

"四处漂泊,并不复返,盲目迁徙的海啊,在她人迹罕至的大路,在她季节性的小径,在她芳草如茵的草场,

"领着她的人民和向她臣服的部落,走向遥远的唯一同一种族的融合。

"……你是我的存在吗?——最兴奋者大声问道,——抑或,你是先兆的残余?……是你啊,存在,你想起我们。

"我们对你说:'请留在此地!'可是你,你向我们做出这不可回避的不同表示,你对我们大声宣布这些没有分寸的事物。

"我们的心与你同处于先知的浪花和远方的计数之中,可是精神禁止自己进入你交配的场地。

"……我们曾称你为半陆地的妻子:一如周期性的老婆,一如季节性的光荣;

"可是你离去,并不理睬我们,只把你浓稠的方言在我们荣誉的忧愁和被淹风景的名声上滚过。

"应该叫喊吗?应该祈祷吗?……你去吧,你去,广阔而自负的海,去另一个无边巨物的门口炫耀吧……"

*

现在我们已经对你评说了你的行为。现在我们要对你加以监视。我们将利用你为我们人类的事情服务:

"听着,你将听懂我们的话;听着,你将助我们一臂之力。

"哦,你反对死亡和事物的衰落,犯了莫大过错,

"哦,你不停地歌颂门的傲慢,可你本人却在别的门口叫喊,

"你像无家可归的灵魂的低沉嗥叫,在伟人家里飘荡,

"你在不幸之渊的深处,如此迅速地收集起爱的巨大镣铐。

"你试戴硕大无朋的欢喜面具,如此迅速地遮盖了你的深度溃疡,

"和我们在一起吧,在衰弱,在力量,在比快乐更高级的生活的怪诞之中,

"和我们在一起吧,最后一晚的海,你使我们对自己的作品感到羞耻,你也将宽恕我们的羞耻,

"在我们孤单无靠,在我们的帆恹恹无力的时候,请给我们以援助,用你的镇静、你的力量和你的气息,哦,秩序井然的故乡之海!

"只要提到你海的大名,增加的部分就来到我们梦中!……"

*

在诗人的诗节之外,我们最后祈求你本人。但愿对我们来说,在你和人群之间,再也没有令人无法忍受的闪烁其词:

"……啊!我们有话要对你说,可我们词语不够,
"爱把我们与这些词语的对象混同,
"词语对我们就不再是词语,亦不是符号和装饰,
"而正是它们所象征,所修饰的事物本身,
"或者更妙,我们通过咏唱你,宣叙调啊,也变成了你宣叙调本身。
"我们成了你本身,可你与我们不可调和:作品本身它的内容它海的运动,

"还有我们所穿的韵律学长袍……"

在你运动的身上,我们运动,在你活泼的身上,我们沉默,我们终于感受了你,联合的海。

海啊,光明的机构,辉煌的物质,我们终于向你欢呼,在你海的光辉和你固有的精华之中:

在所有被闪闪发光的桡楫拍击的港湾,在所有被蛮族的链条抽打的海岸,

啊!在所有从正午的翅翼上撕下的锚地,在所有敞开在你面前如在武装的城堡面前的圆石广场,

我们向你欢呼,宣叙调!——人群与咏唱者比肩并立,海在各个城门荡漾,红彤彤的,顶着夕阳的金晖。

于是一股大风下到黄昏,与海的薄暮相遇;人群在竞技场外行走,陆地的黄叶漫天飞卷。

于是整座城市向海走去,连同戴着铜饰的畜生,角上包金的配角,所有兴奋如狂的女人,以及在城里第一批街灯上点亮自身的星星——万物朝大海,朝远海的暮色,朝百川汇聚的烟雾走去,

在神的混乱和人在众神之间的堕落中……

5

——在荒凉的城市,在竞技场上方,一片树叶在金色的夕晖中飘荡,寻找人的额头……神这个异乡人就在城里,而诗人则独自和光荣闷闷不乐的女儿归家:

"……巴力之侮,马蒙之海;各种年纪各种姓氏之海!

"我们梦的子宫的海,为真正的梦幻所萦绕的海,

"我们肋部洞开的伤口,我们门口的古代唱诗班,

"啊,你是冒犯你是光荣!你十分荒唐十分自在,

"你既是爱又是恨,既心慈手软又冷酷无情,

"哦,你知道又不知道,哦,你说了又没有说,

"你了解所有事物,可你在所有事物中沉默,

"而且在所有事物中,你发起对眼泪爱好的攻击,

"你是乳娘和母亲,而不是后妈、恋女和幼弟的娘,

"哦,你和我们有血缘关系,只是隔得太远,哦,你是乱伦的人,你是我们的长姊,

"你是所有要灭亡事物的无限同情,

"永远不可离弃的海,最终不可分离的海!荣誉的连枷,爱的章鱼!啊,完全调和的海,

"居无定所的流浪者啊,今晚是你来渡我们去现实之岸吗?"

献 辞

正午，它的猛兽，它的饥馑……

正午，它的猛兽，它的饥馑，和水的餐桌上声音更高的海的年头……

——哪些鲜血淋漓的黑姑娘顺着事物的忘却，在暴烈的沙漠上行走？

正午，它的人民，它强势的法律……鸟在它更大范围的滑翔中看见人在财产的极限摆脱影子。

可是我们额头上并非毫无黄金。而我们获胜的腥红色坐骑仍然来自夜晚。

就这样全副武装的骑士，在大陆尽头，沿着悬崖环行半岛。

——正午，它的煅炉，它的平靖……有翅的岬角在远处给自己开辟泛青的浪花之路。

神庙布满盐粒，闪闪发光。诸神在石英中醒来。

那高头，观察海面的哨兵，在其赭石和浅黄褐的白垩中间，用他的铁号宣告正午那红火的到来。

正午，它的惊雷，它的先兆；正午，它市场上的猛兽，它荒凉锚地上白尾海雕的鸣啸！……

——我们或许哪天要死的人评论瞬息之家的不朽之人。

篡位者在象牙椅上站起。恋人为自己洗去黑夜。

而戴着黄金面罩的人为海摘去其黄金。

1953—1956 年

鸟

...... Quantum non milvus oberret.

(……此诗所写的并不仅仅涵盖鸢的飞翔。)

——奥鲁斯·珀尔修斯·弗拉库斯[①]

《讽刺诗》第四卷第五页二十六行

[①] 奥鲁斯·珀尔修斯·弗拉库斯(34—62),古罗马诗人,斯多葛学派哲学家,著有《讽刺诗》多卷。

一

鸟,我们所有血缘亲属中最有生活热情的种类,把一种独特的宿命引向白昼的疆界。作为候鸟,而且是为太阳的膨胀所牵系的候鸟,它在夜间飞行,因为白昼太短,不宜于它的活动。在高卢人的时代,当灰色月亮呈现出槲寄生的颜色时,它以自己的魅影给夜晚充满预言。而它在夜间的鸣叫就是黎明本身的叫喊,是对冷兵器发出的圣战呼喊。

在它翅膀的连枷上是一个双重季节巨幅的天平动;飞翔曲线下是大地的弧形本身……交替是它的法律,模棱两可是它的操控。在同一次飞行涵盖的时空里,它的邪道就是唯一一次夏眠的偏离。这也是画家与诗人的丑事,因为他们是季节在更高的相交点上的组装者。

艰苦的飞行!……在我们所有的共栖动物里,鸟是最渴望共栖的种类,是暗中流淌着最高热度的血以给激情提供养分的种类。它的优雅在于燃烧①。在这上面毫无符号逻辑:纯粹的生物学现象。而且在我们看来,鸟的身体材料是如此轻薄,在白昼迎面火的炙烤下,似乎达到白炽的程度。一个男人在海上,感觉到了正午,听见一只海鸥的叫声,抬起头来:只见那只白色的鸟儿在天空展开翅膀,就像一只女人的手贴着一盏灯火,圣体般的白色在日光中被衬映得粉嫩透明……

被梦幻振奋的翅膀,今晚您将在别的海岸邂逅我们!

---

① "燃烧"的原文 combustion,旧义有骚动、激动之意。

二

年老的法国博物学家们，用他们很有把握而且很恭敬的语言，给翅膀确定了以下特征——羽毛的"柄""须"和"旗"；提供飞行动力的长羽毛的飞羽和舵羽；成鸟羽毛的全部"网眼"和"衬羽"——之后，就更加贴近地描述鸟的身体，鸟的"领地"，就像描述极为微小的一小块陆上领地。说到鸟对空中与陆地的双份忠诚，它被这样介绍给我们：我们环地轨道上的一颗微小的卫星。

有人从鸟的身胚与体量来研究这种利于起飞与持续飞行的轻形结构：这种延伸成梭子形状的胸骨，这种单独动脉血可以进入的发达心房，还有因为配备了最纤细的肌肉才蓄有的那股神秘力量。人们赞叹这具配有翅膀包容所有在兹发热消耗的细微物质的瓮形腔体，以及这套为加快燃烧而加速脉管血液流动直达脊椎与趾骨的鸟的"空气"间质系统。

鸟由于骨是中空的，体内有"气囊"，因此比茅草还轻，飞起来轻捷灵活，挑战了所有已知的空气动力学概念。大学生或好奇心很重的孩童，只要解剖过一次鸟的躯体，就会对它的便于航海的身体构造，对它全面模仿船舶，如流线型的胸廓，连接着龙骨的肋骨，组成船首甲板的骨块，胸脖撑起的艏柱或者喙状船首，有翅根插入的肩胛带，和连接着船尾的骨盆带……保持长久的记忆。

三

……在被吸引的那一刻画家就知晓了一切，但他得对这一切进行抽象，才能以一个菲薄的色块，在画布均匀的色调上一气呵成绘出真实的总体轮廓。

点上去的色块像一个标记，然而它并非数字，也不是图章，不是符号，更不是象征，而是事实兼宿命的物本身——无论如何，是鲜活的物，而且现取于其产前组织：是提取，更是移植，是简略，更是合成。

如此，从一块比鸟的领土更广阔的"领地"，画家通过拔除或者通过缓慢的抽离，窃取这块纯粹的已成题材已成可感知事物的零碎空间，直至将其充分占有，而这空间最后缩略成了鸟在人类视网膜上那岛屿样的斑点。

鸟静静地脱离了一些现实的悲凉海岸,一直来到这个和平统一的,像是一个中线点或是"几何形场所"的地方,鸟避开了它的第三维,却没有着意遗忘它先时在捕捉者手上的体量。越过它与画家的内在距离,它跟随画家走向一个新世界,却没有断绝它与自己的本来所在,与从前的环境,与十分投缘的事物的所有联系。同一个诗意空间持续不断地保障着这种持续性。

在布拉克① 所绘的鸟看来,这就是它的"生态学"的神秘力量。

我们知道那个蒙古征服者的故事:那个从鸟窝里捕捉一只鸟又从树上取走鸟窝的人,把鸟和鸟窝、鸟的鸣唱都带回来,甚至把那棵树也挖出来,连同树的根根须须、树坑的土块、树边的泥土,以及让人回忆起那片荒原、那个省域、那个国度,回忆起帝国一切七零八碎的东西都带到新地方……

---

① 乔治·布拉克(1882—1953),法国画家,雕刻家。

四

在经常上天入地、捕食陆上或者水中生物的动物中，领地广大的鸟为了更加精准地捕捉猎物，要在一个短暂的时间里由极度远视过渡到极度近视：一个很精密的眼部肌肉组织提供了这种能力。它从两个方向控制眼球晶体的弧度本身。这时鸟高举翅膀，就像张开双翼将自己化作一团烈火燃烧，火焰中显现出船帆与利剑那双重图像的胜利女神，成了一道闪电与催命符，在异常的振颤中俯冲下来，直扑它要捕捉的目标。

画家的这道闪电，既是捕猎者又是被猎者，其最初的攻击并非不是垂直的，到了与主人齐平的高度，它才从侧面，或者绕着圈圈，执着地长久地向画家表达自己的要求。这时与主人和睦相处成了它的机会与奖赏。画家与鸟的串谋……

鸟在迁徙以外的季节，会扑到画家的画板上，开始经历它的变化周期。它处在体型改变之中。一连串的辩证的结果。这是接踵而至的考验和身体状态的改变,但总是朝着一种全面的展示发展,最后,在光亮之中,一种清晰的赤裸和一种被多样性掩盖的单一身份的秘密脱颖而出。

五

对于刚开始进化成形的鸟,让自身成为在天空的页面上飞行的弓与箭,这已经是多大的特权啊!既是主题又是话语!……在这种进化的另一头,在其最新的覆盖层下面,是一个纳入了整个长期进化本质的秘密顶点。于是有了美丽这个形容"外貌"的词语。在地质学里使用的该词,历史性涵盖了共同进化中同一发育物质的所有成分。

对布拉克来说,在这种将完成与起源连接起来的简略里,他的鸟就成了有历史承载的鸟。在画家有选择性的眼睛有意无意回避的所有东西里,留下了他私下的认知。对事实的长期顺从可以避免让其成为仲裁人,又不必剥离他身上的神奇光环。

人接上了动物的单纯,在猎人眼睛里被描绘的鸟在动物眼睛里成了猎人本身,就像我们在爱斯基摩艺术里偶尔见到的那样。动物与猎人一同涉过了一道第四维的河。两个被配成对子的真实生物终于以同一种步伐,从生存的困难走到爱恋的轻松自如。

我们现在远离了装饰。这是被追求的知识,如一种灵魂的探索,而自然在向灵智作出一切让步之后终于通过灵智折返。赤裸的鸟以其像血红细胞一样椭圆的形状栖息在时空之中。一段长久的感人的冥想幽思再次发现了那时空的辽阔。

六

解放的时刻来临,不仅是鸟的一次飞行,而且是一些大画悄然脱离画架,就像一些船舶无声地滑下船台……

布拉克享有了最让人羡慕的光荣:看到自己的名字漆上一艘航行于大海的船舶——一艘通体漆成白色,挂着北欧国籍旗,船艏有六只北极的大潜水鸟在兴奋走动的海轮——一点也不愿意收回最后这幅航海图的画面:他的鸟的形状就像埃利亚学派①哲学家关于时间空间不可分割的诡辩一样瘦长。即使那些鸟把飞行运动本身永远对准在一个固定的点上,那也与昆虫学家用维也纳别针固定的蝴蝶毫无共同之处,倒不如说它们像航海罗盘那不朽的盘面上,那根在蓝金属轴上晃动,对准玫瑰风向盘三十二个方向之一的

---

① 公元前 5 世纪活动于意大利半岛南端埃利亚城邦的学派,以善辩著称。

磁针。

中国和阿拉伯的老驾船人也是把一根磁针穿过一块画着鸟儿的软木，漂在一碗水的水面上，以此来确定方向。

七

……这种固定的飞行没有丝毫的惰性与被动。它就是个简洁的动作，活力始终在燃烧。一切都在于飞行的积极性，目的地的转移也在于这种积极性！

布拉克线条简洁的鸟并非简单的主题。它绝不是透光纸页上的水印图案，也不是黏土墙壁上的新鲜手印。它也绝不是包裹在琥珀块和煤块里的化石。它是鲜活的，它在空中飞行，它在耗散热力——它专注于内心，内心坚韧不拔，恒定执着。它像植物，从阳光里吸收能量，因而它渴望吸收的是太阳光谱里肉眼分辨不出的紫色和蓝色。它的冒险是战争冒险，它的毅力是古代所称颂的那种"美德"。它借助灵魂的力量，挣脱了万有引力的牵扯。它投在地上的影子被打发走了。而获得同样简略的人在梦中给自己罩上更多的刀光。

飞翔的苦行！……鸟，作为披覆着羽毛从事于征服的生命，虽然出生时带着分散的印记，却集合起它全部力量的线条。飞行切断了它的脚掌与多余的羽毛。躯体比一只副翼还要短，它想让自己成为光滑赤裸的引擎，只要一次喷射就把自己送上九霄云天。它似乎准备把翅膀留在那里，就像昆虫在婚礼飞行之后所做的那样。

这是在那里开始写作的一首行动之诗。

八

鸟类,一种长远的亲缘将之圈定在人类疆界的鸟类……为了行动,它们现在像精灵的女儿一样获得才具。瞧,它们在这儿鸣唱,在从事前卫创作,比起人类施展梦的逻辑的清梦长夜,它们更有夜的韵味。

在一篇永远在构成中的长文的成熟过程里,鸟像果子,或更确切地说,像词语一样成熟了:直接取其汁液和本原精华吧。那么它们像不像处在魔法般词义下的词语呢:作为力量与行动的核心,闪电与电波的源头,它们将创举与预兆带到远方。

在空白无垠的白纸上,它们丈量的空间只剩了咒语。它们就像是诗的音步里的音节数量。在遥远的上升过程中,它们像词语一样,在极乐的界限里失去了自身的意义。

昔日它们以征兆，并随同以牺牲内脏占卜的僧人参与过诗的冒险。如今它们作为具有特殊意义的词语，被固定在同样的串接文字之中，以便在远方实行一种新的占卜……在古代文明的夜晚，这是一只木鸟，两臂交叉被在灵媒文字里担负记录人职务的主祭捏着，就像在测地下水源的风水先生或用泥土占卜的人手上一样。

鸟类出生于为最长音调所做的初次转变……它们像词语，带着一致的节奏；它们给自己报名，并且像有亲缘似的，一同加入人们迄今所见在世上唱响的最壮阔的合唱歌段。

啊，幸福的鸟儿啊，愿它们从天空大洋的彼岸，把陪伴我们围住我们的这张彩翼巨弓递到此岸，一直递到我们手上，啊，愿它们因充满激情活力，而赢得我们的尊重！……

人类承载其重力，就像脖颈上挂了个磨盘，而鸟类则像额头上画了根羽毛。不过在其看不见的肌肉纹理尽头，布拉克的鸟不会比塞尚地质学上的一个岩石微粒更能避开陆地的宿命。

九

从部分时间的此一片刻到彼一片刻,鸟作为其飞行的创造者,在看不见的斜坡上攀登,并到达它的高度……

从我们夜的深部,就像在抵达外洋时从锚链筒抽回锚链,它抽回不断加大其重量的人类那条没有尽头的牵引绳。它从高空操控我们值夜的线索。有一晚它从别处发出这声叫喊,让睡眠者在梦中抬起头来。

我们在一个黎明的小牛皮上,或者,在它一团黑影——也就是说白影,伴同着宋朝一些老诗人的野鹅在天空飞翔,把我们哑口无声地留在锣的青铜里时,我们在一个秋夜的镜面上见过它。

它把它的整个生命交给没有中途驿站的地方。它是我们的密使我们的启蒙人。"梦的主宰!"梦对我们说……

但是它只带有极少的灰色,或者,有一天为了更好地说明它不喜欢颜色,它干脆褪尽灰色——在整个这片灰色或者黛绿的融融月光和幸福种子的融融汁液之中,在这团或青或粉的珍珠螺钿之光(这也是梦的光,因为天极地极北极南极都发出这种颜色的光)里——它飞在梦的前面,而且它的回答是"继续往前飞!……"

在所有像有生命的方舟一样从不曾脱离人类的动物里,鸟以其悠长的叫喊和对飞行的鼓励,是唯一赋予人类新的勇气的种类。

十

感谢飞行！……它们从飞行中感受到快乐。

在全部量身定制的可自行支配时间，和可自行支配且令人惬意的空间，它们展开它们的空闲和愉悦：最长白昼和最长抱怨的鸟类……

它们越是飞行，就越是全身心地投入生存的乐趣：最长白昼和最长话语的鸟类，以其新生儿或者神话传说中海豚的额头……

它们飞翔，这就是活下去，或者是交配，这是让最长白昼和最长欲望的鸟类延续生命……提供食物的空间给它们敞开其物质的充足，而它们的壮年就在风的床上苏醒。

感谢飞行！……以这种动力延伸的长长欲望是这

样强烈，以至于它们的翅翼有时会扭曲变形，如人们在南方的夜空深处，在南十字座衰弱的骨架里所见到的那样……

长久的快活，长久的缄默，……那上头，没有弹弓的尖啸，也没有镰刀的呼呼之声。当众神的耳聋下到它们身上，它们已经关闭全部信号灯飞行……

谁又知道，陶醉或者极度的快乐让它们半闭起深灰色的三重眼皮下的眼睛？它们经常这样流露情绪，完全沉湎在欢愉之中……

在海天之间的半空中，在永久的上游与下游之间，它们奋力开拓永恒的道路，它们是我们的居间调停者，要从整个存在走向生存的扩展……

它们的飞行路线是纬度，按照时令的图像，好像是我们作的调节。它们总是在我们梦的近旁经过，就像飞蝗总是在脸面前边扑腾……它们长时间地依循着它们无一丝阴影的航线飞行，并且在南方用翅翼，就像用国王们与先知们的忧虑来庇护自己。

十一

这样的鸟是乔治·布拉克画笔下的鸟,因为它们来自大草原或者大海,属于生活在沿海地区或者远海的种类。

在一个比鸿蒙初辟的日子更长的生命时段,鸟类以绷紧全身,或者伸长弯曲的颈项而发出的张力,在天空看不见的层级,就像在看得见的乐谱线条上,保持着比岁月更为灵活多变的飞行的长久音调变化。

只要达到缔结婚约的年龄,就不要探寻鸟类在何时何地结成亲缘关系:在所有海岸地带和所有季节生存的鸟儿,都是普遍存在的王子。首先它们像是同一个整体的不同部分装配进岁月的餐桌,然后它们才转入比"阴"与"阳"的结合更为高傲的婚礼。

在一只有画家居住大得如移动中的飓风眼本身的

巨眼处在睡眠状态的时候——所有事物都被卷进其遥远的事业，所有的火都在交汇——这是最终重新建立的统一，是多种因素重新形成的一致。在这样艰难且如此长久的飞行结束之后，被刻绘在黄道圈的鸟儿们便跳起大轮舞，一个有翅家族的全部成员就在黄风中集结在一起，宛如一个独一无二的大螺旋桨在寻找其桨叶。

因为鸟儿们在寻找姻亲关系，在这种安全可靠让人眩晕不会被人家起诉的事情上，就像在一个焦点（一个叫布拉克的画家的眼睛在其中探究各种因素的融汇），它们有时模仿起海里某只鱼鳍，火中某个焰舌或者风中某对树叶的动作。

或者鸟儿们是这样：它们像有翼的种子、巨大的翅果和槭树的籽实，在一个黎明迎风被撒出去，悬停在空中，在我们的地点和我们的时代进行长远的播种……

中亚的骑士为了人畜兴旺，就这样骑上他们步履不稳的坐骑，迎着沙漠之风，播撒用白纸撕出的马匹侧像……

布拉克,您在给西方的空间播撒神圣的种类。而人类的郡县会发现自己因此而变得肥沃多产。但愿人们用现金与所绘鸟儿的精液为我们支付世纪的价格!

十二

……这是乔治·布拉克所画的鸟儿们：它们与其说属于同一种属，不如说更属于同一种类，与其说属于同一种类，不如说更属于同一世系，它们可以凭同一个特征快速地归集母系的根源与变形，它们从不混居杂交，然而它们却赓续千载，生生不息。它们在正确的专业词汇表上，被一再冠以博物学家们乐于给被选定为原始型的生物类别命名的名称：Bracchus Avis Avis ...

这不再是普罗旺斯的卡马尔格地区的鹤，也不再是诺曼底滨海地区或者英国西南部科努阿耶地区的海鸥，不再是非洲或者法兰西岛的鹭，科西嘉岛或者沃克吕兹的鸢，比利牛斯山口的斑尾林鸽，不过他画笔下的鸟儿属于同一个动物区系，并且具有同一种使命，既属新生等级，又出自古老谱系。

不管经历了什么综合，它们都属于最早被创造出来的生物，用不着沿着抽象的过程去追溯自己的起源。它们并不经常出现在神话与传说里；而且，由于全身心地厌恶象征这种不负责任的角色，它们从不见记载于任何《圣经》和宗教礼仪典籍。

这些鸟儿并没有玩弄埃及或者苏齐亚纳①的诸神，也没有与诺亚的鸽子、普罗米修斯的秃鹫同处，更没有与穆罕默德的书中提到的那些叽叽喳喳的鸟儿来往。

这些鸟儿是真正的同声相应同气相投的家伙。它们的真实面目并不为所有被创造的生物所了解。它们的忠诚，在多个侧面体现了鸟类忠贞不渝的品格。

它们并不曾引经据典，卖弄知识，也不曾搜索枯肠，挖空心思，更不曾为受到的侮辱报仇雪恨。在古希腊诗人平达写给特尔斐竞技会获胜者的第一首颂诗里，它们有什么必要充当"木星的鹰"？它们也不曾与马尔多罗的"胆小怕事的鹤"②有过什么交集，与爱伦·坡作品中那只在阿瑟·戈登·皮姆眼中死气沉

---

① 波斯帝国的省名，今伊朗的库兹斯坦。
② 洛特雷阿蒙《马尔多罗之歌》中的主人公。

沉的天空飞行的大白鸟亦无关系。波德莱尔诗中的信天翁或者柯勒律治诗中那只处决的鸟与这些鸟非亲非故。不过它们虽然是现实的鸟，而不是传说的鸟和任何故事的鸟，却充实了人类的诗歌空间，被人以现实的笔触一直带到超现实的周边地带。

　　作为布拉克的，而不是任何别人画笔下的鸟……它们并不含影射讽喻，也不带任何记忆，只是循着自己的宿命，比南方各海域天际线潮水一般涌来的黑天鹅更多疑易惊。单纯是它们的年龄。它们追寻在人类身边的好运。而且它们在与人类同样的夜晚提升到梦里。

　　在见到我们诞生的最大梦幻的星球上，它们飞过，把我们留给我们城市的历史……它们的飞行是知觉，空间是它们的异化。

十三

鸟类,在人类的所有边界上竖起的长枪!……

强劲又沉着的翅翼,用分泌物洗濯的十分纯洁的眼睛,它们赶在我们前面,飞向海外的自由,就像是飞向一个永恒东方的口岸和商行。它们是长途跋涉的朝圣者,是永恒千年的十字军骑士。它们还是驾着它们翅翼十字架的"十字军骑士"。那些载着船舶的海洋,有哪一块曾在幸运海面上见过船帆和翅翼这样的琴瑟和谐?

伴同所有在世界流浪,随着时间推移而消逝的生物,它们奔赴世界所有鸟类循着被造物的宿命而去的地方……奔赴事物运动本身驾其长浪而去的地方,奔赴天体的运行本身踏着其轮子而去的地方——奔赴那个让五月最长之夜沸腾的生活与创造的无垠天地,绕过比我们的梦离开的更多的海岬,它们飞过,把我们留给自由和非自由事物的汪洋……

它们不知道自己的阴影,只是从诸神在远方大江大河大海的声音里渐渐衰弱才知道这就是死亡,它们飞过,把我们留下,我们从此不再是原来的我们。它们是被唯一的思想穿过的空间。

翅翼的简洁!啊,强者的沉默。……它们在人类的漫漫长夜,默不作声,在高高的天空飞翔。不过到了清晨,虽然是外来者,它们却降下来,飞向我们:披着黎明的这些色彩——在沥青与雾凇之间——这也是人类深部的色彩本身……它们在我们中间,用这个清爽的黎明,一如用一种十分纯粹的起伏,守护着某种梦幻和创造之物。

华盛顿,1962 年 3 月

诗

诺贝尔文学奖授奖典礼上的演说

1960年12月10日

我替诗接受这里授予它的荣誉,并且立即把这项荣誉交给它。

诗并非经常受到礼敬。因为诗歌作品和一个屈从于物质束缚社会的活动似乎日渐疏离。诗人接受但不寻求这种距离。对于不从事科学实际应用工作的学者,情况亦如此。

然而,无论学者还是诗人,人们打算在此表彰的是其无私的思想。但愿至少在这里,他们不再被人看作敌对的兄弟。因为他们对同一个未知世界持同样的探询,只是探索方法不同罢了。

当我们估量现代科学悲剧,甚至在纯数学中也发现自己那理性的局限时;当我们看见物理学的两大主要学说,一个提出一条相对论的普遍原理,另一个则提出一条不确定和偶然性,导致物理测量的准确性受到局限的"量子"原理时;当我们听见本世纪最伟大的科学革新家,现代宇宙论的创始人,用方程式表达最广泛的智力综合问题的科学巨匠指出直觉是理性的辅佐,并宣称"想象是科学萌芽的真正土壤",甚至要求学者从一种真正的"艺术想象"获益时——人们难道不应该把诗的手段和逻辑手段看得同样合理合法吗?

的确,就其本义来说,任何精神作品首先是"诗的"作品;而且,在感性形式和精神形式等值上面,学者的事业和诗人的事业最初表现为同一种功能。推论思维和诗的省略,二者之中孰优孰劣,走得更远?两个天生的盲人在那个混沌黑夜摸索,一个配备了科研工具,另一个只靠直觉的闪光,哪个先上升,放出更多的辉光?答案无关紧要。二者探询的都是奥秘。与现代科学引人注目的开场相比,诗的精神的伟大冒险毫不逊色。面对一种宇宙膨胀理论,一些天文学家曾可能感到恐慌;在人类这个无限广阔的精神世界里,膨胀并不略小。无论科学把它的边界推移到多么远的地方,在它漫长的弧形边界线上,人们都听得见诗人的猎犬在奔跑巡狩。因为诗虽然不是人们所说的

"绝对现实",却是现实最邻近的觊觎和最接近的理解,甚至达到这种融汇串通的极限:现实本身似乎在诗中得到体现。

通过类比和象征思维,通过中间形象的遥远启迪,通过千百条反响与联想的配合作用,最后还通过一种传达生命运动本身的语言的优美,诗人赋予自己一种科学无法达到的超现实。在人身上难道有更激动人心,更促人前进的辩证法吗?当哲学家在形而上学的门槛前退却,诗人在那儿取代了形而上学者;因此用对诗最持怀疑态度的古代哲学家的说法,诗,而非哲学,才显然是真正的"令人震撼的女儿"。

可是,诗首先是生活——全部生活的方式,而不仅仅是认识方式。洞穴时代的人身上有诗,原子时代的人身上也有诗,因为诗是人不可分割的部分。宗教产生于对诗的需要,即精神的需要,而且借助于诗,神的火花永久存在于人类的燧石之中。等到神话瓦解,神在诗中找到了庇护所,甚至驿站。甚至社会秩序和人类的直接需要也离不开诗,当古代行列中执面包者让步于持火炬者时,寻求光明的人民那高昂的激情仍是用诗的想象点燃的。

当真正普遍的精神健全的新人道主义在人类面前展开时,载负着永恒任务,载负着人类重任往前走的人是多么骄傲!……现代诗的宗旨是深入探索人的奥秘,它忠实于这一职责,投入一项促进人类全面融合的事业。这种诗绝无歌颂胜利者的成分,也绝无纯粹美学的成分。它不是锦上添花和粉饰太平的艺术。它不培植珍珠,也不贩卖虚名和标记,更不满足于在任何音乐节庆的表演。它同美结盟,这是至高无上的联盟,但它并不把美当作它的目的和唯一的食粮。因为它拒绝把艺术和生活分开,也拒绝把爱和认识分开,它就成了行动,成了激情,成了力量和总在推移界石的革新。爱是它的热力,不屈服是它的准则,而它的居所无处不在,甚至在幻想中。它从不愿意置身事外,也不愿意被人拒之门外。

然而,诗并不期待世纪会给它好处。它被紧密地拴系在自己的命运上,不为任何意识形态所束缚,它知道自己和生活本身具有平等地位,不需要为自己辩白。它张开双臂,把现在、过去与未来,人类与超人类,整个地球空间与宇宙空间拥抱在一起,使之浑然一体。它的本质是照亮启蒙,有人责难它晦涩不明,但这并不是由于它自身，而是由于它所探索的暗夜，它有责任探索的未知世界本身：灵魂本身的未知世界，人类奥秘的未知世界。诗的表达不允许晦涩，而且这种表达和科学的表达同样要求严格。

如此看来，诗人通过全面参与现实，维系了我们与存在的永恒和统一之间的纽带。而且他的教诲是乐观的。在他看来，同一条和谐的法则支配着整个物的世界。任何本质上超越人的能力的东西都不会在其中出现。历史上破坏性最大的动荡只是一个更加广阔的压制与变革周期中的季节性节奏。而那些高举火炬穿过戏台的福里斯①们照亮的只是正在演绎的漫漫长剧的一个瞬间。正在成熟的文明不会夭亡于一个秋天的苦难，它只是作出改变。唯有惰性惯性是可怕的。而诗人就是为我们破除陈规陋习的人。

诗人就这样有意无意和历史事件联结在一起了。任何与他时代的大戏有关的事情对他都不是无关的。他应该向所有人清楚地说明经历这个强盛时代的趣味！因为，现在是崭新的伟大的时刻，因为在这个时

---

① 西方神话中复仇三女神之一。

刻里可以感受新颖的自我。这样一来,我们将把我们时代的荣誉让给谁呢?……

"不要怕。"历史有一天取下它的暴烈面具说。——而且它抬起手,做了一个和解的动作,亚洲的天神在他的毁灭舞蹈达到高潮时做了这个动作。"不要怕,也不要怀疑——因为怀疑是无用的,而惧怕是卑屈的。你不如倾听伴随着人类不断创造出的伟大语句我高高举起的创新之手发出的有节奏敲击。生命不可能否认自我。有生命的事物产生自虚无,也不会热爱虚无。但在生存持续不断的冲击之下,没有什么东西能够保持它的形式和尺度。悲剧并不存在于变化本身。本世纪的真正悲剧在于人们使现世人与永恒人之间的距离不断扩大。在山这边被照亮的人到山那边会堕入黑暗吗?而他在一个并不融洽的共同体中勉强的成熟难道不是虚假的成熟?……"

作为公共人物的诗人,应该在我们当中证实人类的双重志向。这就是在灵智面前竖起一面更灵敏反映其种种可能性的镜子。这就是在此世纪本身展现一个与原始人更相称的人类状态。总之,这就是更加勇敢地把集体灵魂与在世界上流传的精神力量结合起来。……面对原子能，诗人点着黏土油灯能够做到这些吗？——能够，只要人还记得黏土。

诗人为时代担忧够多了。